記述府城

水交社

蕭文 著

四百年歷史之都，
淬鍊出臺南文學繁華盛景

　　臺南是一座充滿歷史風華的古都，擁有深厚的人文底蘊，也是首座以文化立都的獨特城市。這座城市代代人才輩出，不僅藝文發展蓬勃，更在豐饒的沃土上盛開出如百花般的文學繁景，在地域風土上，自府城至鹽分地帶，由老城區到廣闊的濱海和蓊鬱的山林之地，每個地區皆蘊含著故事的濃鬱香氛，化為創作者的養分，孕育出不同地區獨有的文學風景，並於文壇上各領風騷；在歷史縱深上，從古典詩文、鄉土寫實文學，到當代的創新語彙，長久以來不間斷地綻放著耀眼多彩的光芒，滋養且豐富了人們的心靈內涵。

　　在即將歡慶文化之都四百年之際，欣見老中青及不同文類領域的創作者共同為臺南的文學花園點綴出更加動人的光彩與榮景，作品無論是使用本土語言或華文，文類不論是現代詩、散文或評論集、報導文學等，在在都充滿了在地的生命力。作為一座值得沉浸巷弄之間、細細感受品味文化內涵的城市，長期推動文學發展，鼓勵與激發文學創作能量，並同時持續出版文學作品，保

存文學史料等，皆是市府重要的文化政策之一，也是責無旁貸的首要任務。

　　臺南作家作品集累積至今已進入第十三輯，縣市合併後總計出版了八十四冊優秀文學作家的精彩作品。本輯經由臺灣文學專家學者：國立成功大學陳昌明教授、呂興昌教授、廖淑芳教授，以及國立中興大學廖振富教授和國立臺灣文學館林巾力館長等人所組成的編審委員，以主動邀稿和公開徵選等兩種方式，經一番評選後，共選出邀稿作品龔顯榮《拈花對天窗──龔顯榮詩集》、林仙龍《我在；我在鹽鄉種田》，及徵選作品顏銘俊《向文字深邃處摘星──華語文學評論集》、蕭文《記述府城：水交社》、許正勳《往事一幕一幕》、林益彰《南國夢獸》等六部優秀文學作品，兼顧資深作家作品與年輕世代的創作，內容豐富多元。感謝五位委員們的辛勞與獨到眼光，不使有遺珠之憾，也感謝作者們的珍貴文稿，共同榮耀了臺南文學，並為這座城市點亮光彩。

臺南市　市長　黃偉哲

一起領略文學帶來的 心靈饗宴

　　臺南作家作品集的出版，是對臺南文學的致敬，也是作家們熱愛臺南生活與文化的真摯表達。今年第十三輯共出版六部作品，在字裡行間，書中每個角落流淌的故事，彷彿時光隧道，帶領我們重返時光；在每一篇章，都能感受到熱情與堅韌的在地文化精神貫穿其中，臺南飽滿的文學風景和故事情節躍然紙上。

　　龔顯榮是臺南先輩作家，於 2019 年過世。他的第一本詩集《來自靈山的一朵小花》出版於 1968 年，並直到 1990 年才發表第二本著作《天窗》，成為其巔峰代表作。可惜兩書皆絕版多時，此次經高雄師範大學退休教授李若鶯積極聯繫後代和各詩刊、文學雜誌，徵得詩稿和授權，終能編成《拈花對天窗──龔顯榮詩集》專書，再現前輩作家精彩詩作，極為珍貴難得。

　　資深作家林仙龍，出身鹽分地帶將軍區，早年離鄉在外工作，在歲月淘煉後，近十餘年在故鄉蓋了一幢小農舍，頻頻返鄉居住，過著一面耕農一面書寫的生

活，完成詩、文及田園景致交融的《我在；我在鹽鄉種田》，全書既描繪出鹽鄉特有的濱海與鹽田風景，也營造出情意靈動的境界。

顏銘俊，是哲學領域的年輕學者，除了學術研究，也長期書寫文學與電影評論，新書《向文字深邃處摘星——華語文學評論集》便收錄了三十三篇評論文章，計有二十九篇新詩評論、四篇散文評論，每篇皆是紮實的細讀細評，非泛泛討論，對於喜歡新詩的讀者們，是很具有參考價值的一本書。

出身府城地區眷村的蕭文，長期爬梳水交社眷村人文歷史和人物故事，最新作品《記述府城：水交社》內容以三大部分來深入記錄在眷村的生活經驗，也書寫出外省族群集體的共同記憶。

臺語文創作者許正勳是濱海地帶七股人，他早期擔任國中英語老師及國內外臺語師資培訓班講師等，曾榮獲多屆文學獎項肯定，著有《園丁心橋》、《放妳單飛》、《鹿耳門的風》及《烏面舞者》等多本臺語詩集、散文集。新書《往事一幕一幕》是其二十年完整的心情

紀錄，立意樸實，文字精煉，共分為地景、至親、黃昏、囡仔時、鹽鄉、人物、詠物、環保及心情、雜記等十輯，作者回顧一生的路，有甘有苦，一幕一幕，感觸良多，化為一首一首真誠的臺語詩篇。

年輕作家林益彰，曾榮獲不少文學獎項，並出版多本著作如《南國囡仔》、《臺北囡仔》、《石島你有封馬祖未接來電》、《金門囡仔 · 神》等，作品亦常刊載於國內各報章雜誌。新書《南國夢獸》風格創新，詩句與詩意富奇幻風格，是新生代另類的書寫語言。

本輯六部作品，有如六場心靈饗宴，每一部作品都各有其不同的特色和精彩之處，在此邀請喜愛閱讀的朋友們，一起來領略臺南文學的多樣性面貌。

_____ 臺南市政府文化局　局長

傳承與累積

　　臺南作家文學從古典到現代，傳承不斷，縣市合併前至今，近三十年的作家作品集，每年都有豐碩的傳承與累積，老幹新枝，各呈風華。此次《臺南作家作品集》推薦與徵選作品輯共十一冊，最後決定出版推薦作品《拈花對天窗——龔顯榮詩集》、《我在；我在鹽鄉種田》，徵選作品《向文字深邃處摘星——華語文學評論集》、《記述府城：水交社》、《往事一幕一幕》、《南國夢獸》共六冊。

　　龔顯榮《拈花對天窗——龔顯榮詩集》‧作者是府城前輩詩人，其作品富含哲理，轉折微妙，詩作〈天窗〉膾炙人口，早年即有意收入其作品出版，惜未能獲得手稿，此次幸經李若鶯老師與其家人聯繫，才得以授權，彌足珍貴。

　　林仙龍《我在；我在鹽鄉種田》。作者是著作頗豐的鹽分地帶作家，成名甚早。他的兒童文學、詩、散文都有相當多的讀者，此次以返鄉後生活為書寫主題，自然景物與田園生活，天光雲影，詩文並呈，筆下鹽鄉農漁生活與事物記趣，寧靜而不喧嘩，值得品味。

顏銘俊《向文字深邃處摘星——華語文學評論集》。這是一本以現代詩評論為主的著作，本書逐字逐句分析詩作，專注於詩句與詩旨的推演，作品詮釋深入，文字有味，雖析論模式稍嫌固定，但作為愛詩者的導讀之作，堪稱適當。

蕭文《記述府城：水交社》。作者出生眷村，長期挖掘水交社眷村的人物故事與社區歷史，訪談紀錄甚多，發表過許多相關文章。水交社是臺南眷村的重要指標，本書考證蒐集許多第一手史料，記錄近代史縮影，題材深刻，值得保存。

許正勳臺語詩集《往事一幕一幕》。作者長期書寫臺語詩，早已卓然成家，此次透過地景與人物書寫，更為動人。尤其第三輯「黃昏」，寫夫妻恩情與妻子罹病過世後的思念，情真意切，感人肺腑。

林益彰《南國夢獸》。作者雖年輕，卻已得過許多文學獎，擔任「南寧文學・家」進駐的藝術家，書寫臺南三十七區，言語跳耀靈動，充滿奇思幻想，用典有趣，頗具個人創新風格。

———————— 本輯主編　陳昌明

（國立成功大學中國文學系名譽教授）

共同體的消失與更大共同體的建立
——蕭文《記述府城：水交社》序

　　和蕭文初識於 2015 年由臺南市文化局主辦的「噍吧哖事件百年紀念夏季學校」，當然連續五天的研習加戶外走讀，行程緊湊，雖然認識了，卻沒有什麼機會交談，後來因為經常在各種臺南戶外踏查活動中相遇，就知道了他和我一樣都是臺南文史的愛好者。偶而休息時小聊一下，加上有些共同相識的朋友，也慢慢有了較多的互動。

　　後來我知道原來他曾在水交社住過將近四十年時間，他家當時的住所在水交社拆除之後還是少數保留下來的房子其中的一棟。而他曾在 2014、2018 年分別出版過《水交社記憶》和《府城竹籬笆歲月》兩本書，都與他所住居的水交社有關。如果這麼說，這本《記述府城：水交社》就可以算是他書寫水交社的第三本書了。

　　水交社最初是日本海軍於 1876 年設立的將官親睦團體，類似作為軍官聯誼的俱樂部（比如臺南還留下過

去日本陸軍的偕行社）形式，日治時期日本海軍因進駐臺南機場之後整平附近桂子山墓葬群，興建日式宿舍作為海軍航空隊官兵軍眷居所，作為聯誼組織的水交社也遷移於此」因此稱此地為「水交社」。直到二戰後日本軍民撤離臺灣，這裡成為國民政府播遷來臺後「空軍第一戰術戰鬥機聯隊」基地，又成為大批空軍軍眷的眷舍，1968 年為紀念抗日殉職的空軍飛行英雄周志開，又稱為「空軍志開新村」。2004 年眷村準備改建後，住戶紛紛遷離，2007 開始拆除整地，2011 年除了部份建築獲保存為古蹟外，水交社已化為一片瓦礫。直到2019 年 12 月園區修復完成才開始營運。

　　這幾年來到臺南觀光的人可能會知道臺南南區有一個「水交社文化園區」，目前保留下來的區域與建築經過重新整理後，成為包括眷村主題館、水交社歷史館、飛行親子館、文學沙龍館……等八大主題館，有許多對過去眷村歷史記憶的圖像、物件的展示，戶外更有著F-5E 及 F-86F 戰鬥機的展示。透過這些主題館與展示，可以知道過去水交社不但設有大菜市場空軍交通車站、診療所、小學、幼稚園、甚至還有定期的電影播放，是

個本身就有完整機能的獨立社區。50～70年代空軍成立的知名「雷虎特技小組」，其飛官及眷屬亦曾駐居在此近三十年，水交社因此被譽為「雷虎的故鄉」。但是參觀之餘，若能搭配實際的人物故事，才能更有真情實感。蕭文這本書，聚焦水交社許多真實人物的歷史記憶與生活細節，並搭配相關圖片，兼具史料與文學價值，要認識更真實的水交社，顯然看蕭文的書已經不可或缺，寫了三本水交社書的蕭文，已是最佳代言人。

全書分成「眷村學」「人物：烽火歲月中的英勇軍人」「空間地景：從日本海航宿舍到我空軍眷舍」「生活掠影」「思鄉：移民共同的生活經驗」共五章，與先前二書相較，筆者以為本書最特色之處在第一、二章「眷村學」與「人物：烽火歲月中的英勇軍人」。在商務印書館出版的《水交社記憶》一書中，作者全面且更學術地就水交社的空間地景，生歷史記憶、生活面貌、及與空軍、其機場、雷虎小組等的連結關係，在時空上上下縱橫，如果《水交社記憶》書序作者之一陳文松教授所說，該書涵蓋「臺灣航空史、軍事史、以及移民史、眷村文化研究」等多重面向，那麼對照《府城竹

籬笆歲月》《記述府城：水交社》二書，便可發現，該書的觀照的時空宏大，也更偏重在公領域的歷史面向，但在人物細節上則不如《府城竹籬笆歲月》《記述府城：水交社》。

尤其第二章「人物：烽火歲月中的英勇軍人」，記載若干水交社過去烽火歲月中英勇軍人如趙雲芳、苑金函、葉富根、姚允中、李興亞、張維禎、袁禮顯等的戰鬥或英雄事蹟之外，他們有的如天主教友的李興亞醫師，原來是軍醫學校（日後的國防醫學院）畢業後，在軍醫院工作到退休，退休後與友人陳其楚等集資開設逢甲醫院，後加入張維禎與姚允中醫師，及天主教馬克斐修女等，充滿濃郁的宗教精神，後從今天的西門路（早期叫逢甲路因此名「逢甲醫院」）遷到永康現址，由許文龍奇美集團接管，成為今天的「奇美醫院」。有的如姚允中，畢業後原來應該從醫，卻因中日戰爭局勢嚴酷，毅然投入空軍派到美國參加航炸訓練，回國後任職空軍到遷臺後一段時間才轉回原來所學的醫師一職。這些空軍英雄人物多半曾在長空戰場與敵機纏戰，立下輝煌戰功，但來到臺灣，尤其從他們能呼嘯萬里的天空上

下來，只能待在早期與外界文化上相互隔絕的眷村裡，最後甚至走上自戕的悲劇之路。〈銹蝕的光輝歲月〉裡便描寫曾歷經槍林彈雨，數度與敵軍纏鬥受傷，戰功彪炳，最終卻厭世自殺的中將袁禮顯，其起伏跌宕的人生故事，讀來令人欷噓深思。他們面對的時代，與今天的臺灣，其相去已不可以道里計，背後更讓人聯想如今早已消失的眷村，對臺灣嚴重族群問題可以有的啟發。

相信蕭文也是在這樣的思維裡，嘗試在此書建構「眷村學」。〈沒有移民夢的移民〉一文便以 1949 年隨國民政府來臺的一大群軍民作為「沒有移民夢的移民」代表，說明他們是在隆隆砲聲及長官命令甚至抓伕的情形下，不得不來到陌生之地，「隨著時間的推移，竹籬笆換成紅磚圍牆，他們從暫居逐漸變成定居，回家夢逐漸成為泡影，他鄉成為故鄉」（〈沒有移民夢的移民〉一文結語）。接著本章談到眷村制度的興衰、眷村的人情味、文化的交流與融合等，在這些文章中我們可以看到他們後來之所以成為超級鞏固，與臺灣社會隔絕的一群「外省人」，並非他們自願，而是這些制度與時局所締造。而眷村連結中國各省不同口音、飲

食習慣，緊密的人情背後是否就是一片和諧？或者發展到眷村第二代是否仍和第一代一樣，只有懷鄉夢？自然不是。其中的駁雜與糾葛在袁瓊瓊長篇小說《今生緣》與朱天心短篇小說《想我眷村的兄弟們》裡面有更多的處理。蕭文的「眷村學」嘗試以 Everett S. Lee 在 1966 年 A Theory of Migration 中提出的「推拉移民理論 Push and Pull Theory」、Ronald H. Coase 在 1993 年提出的「交易成本理論 Transaction Cost Theory」及 Mustafa Emirbayer 和 Jeff Goodwin 提出的「社會網路理論 Social Network Theory」等告訴我們，眷村軍民是在怎樣的關係與結構性因素下，建構成一個內部關係緊密、自成體系、與外界隔絕的「共同體」，而這些都是可以理解，具有普同性理論根據。按照蕭文的說法，他們除了有共同中國大陸生活經驗、對日抗戰經驗、國共內戰經驗，而出身水交社的軍人又有更共同的一層——都出身空軍官校，有學長學弟或長官部屬的緊密關係。從今天來看，正是這些緊密關係使「眷村」成為臺灣歷史上一個極為特殊階段的文化景觀。

雖然碩班時期我曾在成大就讀過，對臺南的印象就是看不完的傳統廟宇、吃不完的小吃，和一大群說臺語的人。記得我也是在初到成大臺文系任教不久的2007～2008年左右，因為接待到我們系客座的德州奧斯汀大學張誦聖老師，而第一次知道原來臺南曾經有個這麼大的眷村。那是張老師剛抵達臺南時，她第一個要求是可否載她到水交社看一下，說那是她四歲以前曾經住居的地方。那時我只覺「水交社」一詞好優雅，卻從未聽過。我載著臺南通林瑞明老師和她來到水交社，當時水交社已經拆除得差不多，張老師也早已認不出早先的居所，但她卻提到她的父親是掛有星星的空軍將領，說她大學畢業初到美國讀書不久，她的父親和一群將級同僚飛機失事，消息卻被全面封鎖，那個時候開始，她才比較能夠從一個非官方的角度，開始思考自己來自的島嶼的歷史也許有過怎樣的晦暗和曲折。

蕭文出身水交社，是眷村第二代，浸潤於眷村文化超過四十年，又有美國頂尖耶魯大學碩士高學歷。往前，他看到父執輩身經鋒火的英勇，以及不得不跟著政府移民來臺的艱辛歷史；往後，他也實際見證眷村拆遷

、瓦礫破敗，到如今面貌一新的「眷村文化園區」。其感慨與故事都因為有親身經歷顯得既寫實又可親，而他更進一步藉自身的眷村經驗與學術能力，為水交社為代表的眷村，建立理論性論述，嘗試建立「眷村學」，值得所有關懷臺灣人如何建立一個「想像的共同體」的讀者作為參考與借鑑的好書。如何打破自己小小的同溫層，真正認知差異？如何由一個較小的共同體的瓦解建立一個更大的共同體？相信蕭文的水交社三書可以提供讀者一定的省思。

2023 年 9 月寫於臺南府城

成大臺文系副教授　廖淑芳

1949 年，國民政府帶了大批軍隊來到臺灣，以軍種為主，採用群聚的方式安頓這些軍人與眷屬，為臺灣創造出一個新名詞「眷村」，水交社是其中一個眷村。

眷村改建的聲浪逐漸遠去，存在這個社會半個世紀的眷村悄然退場。薛喬方以前住在安平聯勤的一個小型眷村，她到體育場逛年貨大街後，Line 給我：「……懷念眷村風情。」我回道：「只有大林還可以嗅出一絲淡淡的眷村味，其他的都沒有了，因為第一代已過世了。」她回道：「彷彿我是一個緊拉著眷村尾巴的白頭宮女。」我回：「事情總有過去的時候，過去除了讓我們回憶與懷念外，還需設法從中學習並向前投射．」眷村存在近一甲子，有許多值得探討的。

這本書共有兩部份，第一部份以我大半輩子生活的水交社為主，以移民、制度、社會網絡以及文化，共四個理論，建構戰後臺灣特有的以軍種為主的群聚生活方式，眷村學，以軟性文字敘述；第二部分用散文、小說

與詩等方式，描述我的眷村生活經驗，並用三篇文章介紹水交社的三位飛行軍官，周志開的銅像，苑今涵的一位抗日飛行員的故事，臧錫蘭的遠去的友誼。

「眷村」為臺灣文化注入新元素，在這本書中，我記述我的水交社生活經驗。我在前幾年出的另一本散文集《府城竹籬笆歲月》，記述我臺南眷村的生活經驗。由國家文化藝術基金會輔助出版的《水交社記憶》是對空軍眷村水交社的調查研究。

蕭文　於臺南　2023.9.8

目次

一眷村學一

韓思敏 攝

- 社會學的移民推拉理論
- 制度經濟學的交易成本理論
- 社會學的社會網路理論
- 制度經濟學的文化

沒有移民夢的移民

中國人對移民不陌生，漢人多次從居住的中原遷移到江南，臺灣更是個移民社會。為什麼人們要離鄉背井到陌生的地方生活？

移民的推拉理論（Push and Pull Theory）答覆這個問題，「推」指原居住地的環境不佳，迫使居民離開他遷；「拉」指遷入地的生活環境較佳，吸引人們前往生活。因此，生活環境較佳的地方地帶給人們希望，構築「移民夢」，願意前往陌生的地方，設法克服完全不同的文化與習俗，以及高度的孤獨與寂寞，辛苦的生活，希望有朝一日能衣錦還鄉，改善家人的生活，福建的僑匯就是這些人在外地工作，將賺的錢寄回家。

並非每個移民都有移民夢，戰爭移民是逃難，他們被迫遷移到外地，他們沒有移民夢。

1949 年跟隨國民政府來到臺灣的就是沒有移民夢的移民，隆隆的砲聲讓他們不得不離開家鄉，跟隨長官們的命令，來到陌生的地方，他們沒有選擇的餘地。爸爸的飛機直飛臺中水湳機場，他請飛 B-25 中程轟炸機的同事，到大陸出任務後，順便在福州機場落地，將他的

母親與弟弟妹妹接來臺灣，姑姑說：「那是我第一次坐飛機，空中好冷，引擎的聲音好大，我的耳朵都要聾了，我不知道坐了多久，昏昏沉沉的，落地後，整個人才舒服。」當時的飛機沒有壓力艙，所以飛行員的衣服都很厚，裡面襯的厚厚的絨毛禦寒。逃難時，人展現出無比的耐力。空軍調配 C-46 運輸機，懷孕的婦人優先登機。媽媽坐 C-46 運輸機來臺灣，當時運輸機的座椅是帆布摺疊椅，坐位狹窄，沒有隔音設備，震耳欲聾的機聲，持續幾個小時，運輸機飛越臺灣海峽，在臺中水湳機場降落。

李阿姨是福州人，先生畢業於官校十九期，在航州筧橋航校擔任飛行教官，她帶著剛出生沒多久的小孩住在福州老家，大陸撤退到臺灣時，從杭州起飛的運輸機都會在福州落地，再飛臺灣岡山，她說：「有一天我接到通知，這是最後一架由杭州飛到臺灣的飛機。」於是，她抱著孩子上了飛機來到臺灣岡山。她的房間有一臺腳踩的縫紉機，蓋子打開，上面放著衣服，我驚訝現在還看得到縫紉機，八十多歲的李阿姨說：「我的衣服都是用這臺縫紉機自己縫的，你來之前我還在縫衣服。」陳鳩桂的先生在空軍擔任補給工作，民國三十八年由漢口坐飛機到新竹，她告訴我：「我的姪子是飛行的，航校二期，大女婿、二女婿都是飛行的，他們都殉職了。空軍是沒有明天的軍種。」程明慈的父親，北平師範大學畢業，戰亂期間參加空軍，從北平坐運輸機來到臺南。趙雲芳是士官長，擔任飛機修護工作，民國三十八年乘

坐最後一班飛機,從寶雞飛到海南島的三亞,再轉來臺灣。

空軍並非全部坐飛機來臺灣,有一部份空軍是坐船來臺灣,張英的父親為一大隊的地勤人員,民國三十八年護送器材,坐船來到臺灣。我有四位鄰居的父母從上海坐船到高雄,有兩位鄰居的父母從大連坐船到高雄。

空軍把家當都搬上飛機運來臺灣,我家的菜刀是北平王二麻子菜刀,電扇是瀋陽株式會社出產的。

遷來臺灣的軍人與眷屬很多,於是,政府在市郊用蘆葦草外面敷泥土蓋房舍,供眷屬居住,這種房子久了之後,牆上產生龜紋,晚上,隔壁的燈光透過龜紋,在牆上畫出不規則的曲線。他們認為在臺灣是短暫居住,沒有幾年就可以回家,他們有的是「回家夢」,所以不需要計較,能夠過活就好。一般眷舍的空間不大,無法區分飯廳、客廳與臥室,通常在房間的一端放幾張床,就是臥房,另一邊的空間,擺張桌子與椅子,吃飯時就是飯廳,平常就是客廳,小孩利用這張桌子做功課,晚上在桌子旁架張行軍床就可以睡人,這是多用途空間;有家庭為增加空間,在天花板下三分之一的地方,用木板隔間作為臥室,這種臥室只有半個人的高度,無法站立,靠牆的一邊搭個木梯,供上下之用,有如樓中樓。

這類房子有些沒有廁所，而在附近另建公共廁所。這類房子沒有院子，與對面房子的距離很近，可以聽到對面的講話與炒菜聲，當時「私領域」的概念很淡薄。晚飯後，我們坐在家門口的臺階，或拿個木頭小板凳坐在家門口納涼並與對面鄰居聊天。以後，經濟情況稍好後，因為竹子便宜，自行購買竹子，將竹子從上到下剖開，每片竹子併列，插在地上，用鐵絲綁起來，在前面圍出一小塊地，成為自家的院子，這就是竹籬笆，竹籬笆不穩固，會向內或外傾斜；有些士官廢物利用，將隊上不用的木板箱拆開，一片片用鐵絲綁住，成為圍牆，為自己圍出一個院子。所以眷村的巷道狹窄，約兩個腳踏車手把的寬度。以後，竹籬笆成為眷村的代名詞。後來，有人製作眷村模型，竹子並非並列，中間留有空隙，與當年的眷村相差太遠。經濟再好一點後，開始用紅磚砌磚牆取代竹籬笆，暫時居住逐漸變成定居。這些人西向望故鄉，望了十幾年，故鄉在海的那一邊，在層雲的後面，望得脖子酸了，也望不到，唱了多少遍《白雲故鄉》與《念故鄉》，唱得口乾舌燥，故鄉仍然遙不可及，何況這裡的經濟情況逐漸好轉，還是面對現實，將注意力放在當下的生活上較實在。

他們是沒有移民夢的移民，他們有的是回家夢，隨著時間的推移，竹籬笆換成紅磚圍牆，他們從暫居逐漸變成定居，回家夢逐漸成為泡影，他鄉成為故鄉。

空軍一大隊 B-25 密契爾轟炸機

竹籬笆，眷村的代名詞

紅磚牆

（眷村，第五期，2022.4）

眷村制度的興衰

　　戰後，為何政府會建立依軍種區分的群聚生活方式——眷村？半個世紀後，為何取消此種制度？這是個有趣的問題。

　　獲得諾貝爾經濟學獎的英國出生的美國經濟學家羅納德・寇斯（Ronald H. Coase）在《企業的性質（The Nature of the Firm）》一書中提出交易成本理論（Transaction Cost Theory），交易成本指除生產成本以外運作所需的成本，以彌補市場機制的不足，因此，交易成本包括資訊蒐尋成本、磨擦成本、談判成本與監督成本等。

　　依據國防部史政編譯室出版的《國軍眷村發展史》的記載，非正式統計，來到臺灣的部隊約六十萬人，眷屬約十五萬人；《維基百科》的資料，1945 年至 1950 年，中國大陸各地近 200 萬軍民遷入臺灣；張炳楠監修《臺灣省通志卷二人民志人口篇》，民國 50 年底，外省籍人口為一百三十六萬零六百六十三人，包括本省籍配偶及在臺出生子女；蕭新煌等著《臺灣全志卷三住民志族群篇》，光復後來臺軍民人數為 112 萬或 125 萬。依據《維基百科》刊載，1982 年中華民國婦聯會統計資料，若不包含違建，全臺灣眷村共有 879 個，共有 98,535 戶；當時戶政制度不健全，不同資料來源，數據

差異很大。

表 5-2　1945-1956 年大陸地區來臺人數

年代	人數
1945 年	7,915
1946 年	26,922
1947 年	34,339
1948 年	98,580
1949 年	303,707
1950 年	81,087
1951 年	13,564
1952 年	10,012
1953 年	19,340
1954 年	14,851
1955 年	26,838
1956 年	2,917

資料來源：《中華民國臺閩地區第一次戶口普查報告書》(轉引自李棟明 1969:239-240)。

蕭新煌等著，2011。《臺灣全志卷三住民志族群篇》。

　　這些人脫離砲聲隆隆，硝煙密布的戰場，來到陌生的臺灣，他們在臺灣生活的成本非常高。因為，他們第一次踏上臺灣的土地，在這裡舉目無親，欠缺相關的生活資訊，資訊蒐尋成本高；其次，他們聽不懂閩南語，增加磨擦的機會；再其次，不少大陸來臺的軍人，他們親人被日本人殺害，他們為抗日而從軍，當時臺灣剛脫離日本殖民時期，皇民化運動的影響尚在，街上不時可以看到日文招牌，以及穿著和服的婦女，人們習慣講日語（華中興，2002），日本統治臺灣五十年，臺灣相當現代化，而大陸城鄉差距過大，有些來自農村的士兵不識字，有人從水電行買了水龍頭，往牆壁上的洞一插，沒有水流出來，而到水電行大吼（陳柔縉，2005：47），這是文化的差距，臺灣與他們有不少地方格格不入；這些因素提高交易成本，解決這些問題，最佳的方式是由國防部主導建立眷村制度，協助這些人生活，產生依軍種區分的群聚生活方式，於是臺灣多了一個新名

詞「眷村」。

遷來臺灣的軍人與眷屬很多，剛開始，軍人與眷屬混合居住。水湳機場旁日本殖民時期的日式木造房舍，一棟分隔成三家居住，媽媽說：「晚上，在洗澡間放一張行軍用的帆布床，可以讓一個人睡，這樣還不夠住，爸爸在機場找一個舖位讓叔叔睡。」當時空軍不斷從臺灣起飛到大陸出任務，不是每架出任務的飛機都可以回來，遇到不能回來的時候，家屬亂成一團，增加處理的困難度。空軍決定眷屬遷出營區。

為解決眷屬居住問題，軍方利用日本人留下的房舍或選擇偏僻的郊區或墓地或軍營附近興建房舍，使用蘆葦草幹外面敷泥土，刷白灰，興建房舍，這種房子久了之後，牆上產生龜紋，晚上，隔壁的燈光透過龜紋，在牆上畫出不規則的曲線。大家認為，很快就會回去，房子可以住就好，不會挑剔。以後透過婦聯會協助，興建紅磚水泥房舍。

水交社以前是日本人利用墓地興建的房舍。有人說：「軍徽可以鎮煞。」一位友人問我：「水交社建在墓地上，你大半輩子居住在那裡，說說你的靈異經驗。」我說：「我沒有這方面的經驗。」他有點失望，我說：「死人不會與活人作對，與活人作對的都是活人，所以可怕的是活人。」有一次，我跟對面的小賴聊到這一點，他

說：「水交社的風水好。」我詫異的問：「為什麼？」
他說：「中國人建墳墓要看風水，所以墳墓愈多的地方，
風水愈好。」我倆莞爾一笑。

空軍方便眷村居民買菜，在眷村設立菜場，軍方的
正式名稱是「空軍副食供應站」，每個攤位定期需向眷
管所繳納租金。水交社菜場早年是私人經營的老虎牌醬
油工廠。

中華婦女反共聯合會，後來稱婦女聯合會，設空軍
分會，由該基地的聯隊長夫人出任分會主任委員，在空
軍眷村設立幼稚園。

當時很少娛樂，看電影是少數的娛樂之一。空軍一
聯隊定期派一輛中吉普載著電影放映機來村裡放電影。
康樂臺兩邊的竹竿上掛起一塊大白布，像《格列弗遊
記》裡巨人的尿布，白布隨風前後凹凸，中吉普上的放
映機將影像投射在白布上，影像隨白布而晃動；大家
陸續拿著小板凳坐在康樂臺前廣場，有的幾乎是全家出
動，廣場上很快坐滿人，有人坐到白布後面，白布後面
的人看的影像是相反的，電影滿足我們的夢幻與好奇
心，那是個愉快的夜晚。以後，此種露天電影出現一個
名稱——蚊子電影院，2000 年以後，水交社放映過幾
次這種電影，滿足小朋友的好奇心。

　　早年，市公車不進入眷村，因為眷村不是市政府的地盤，有一段期間，空軍一聯隊將中吉普加長，三面圍上鐵皮，加裝鐵皮車頂，成為迷你巴士，開闢二空、大林、崇誨新村、水交社與安平空軍醫院路線，有固定時間，固定路線，市區有固定上下車站，車票與市公車一樣，車票是紅色，一張五角。

　　國防部在眷村設立診療所，水交社的診療所分內外科，是基層醫療單位，解決眷村的醫療問題。

　　日本據臺第二年，流行鼠疫，人心惶惶，日本政府選擇清代臺灣兵備道劉璈在 1884 年，清光緒十年，在臺南與安平間，興建配置砲三門的「永固金城」土堡，該土堡位置偏僻，被水圍繞，設立醫院，收容傳染病患，稱避病院，後來改名為濟生醫院。1949 年，政府遷來臺灣，空軍向臺南市政府商借安平路的濟生醫院，將上海空軍醫院遷到民族路三段，更名為臺南空軍醫院，成為二級醫療單位。空軍交通車將空軍眷村與空軍醫院串聯起來。

　　國防部製訂眷補證制度，眷補證依年齡分為大口、中口與小口，裡面有糧票，糧票分米、油、鹽三種，這是主食，每個月農會會來村里發米、油、鹽，我們需拿糧票領。有幾次是我去領，米與鹽用袋子裝好拿給我，油是裝在一個外面是黑油油的高大鋁桶裡，農會人員用

鋁碗舀起，倒入我帶的容器裡。2018 年，我參加南瀛
眷村文物館金冠宏里長舉辦的眷村之旅，在左營眷村文
物館看到幾張眷補證，一張名片兩倍大的眷補證，喚回
早年生活的回憶。

眷村住戶有的開雜貨店，有的開小吃店，做為副業，
彌補家用；經營小吃店的原因是，小吃店成本低，使用
小時候媽媽做菜的方法，無需特別學習，所以眷村小吃
是各種家鄉口味都有，以後稱「眷村美食」。

在軍方協助下，眷村具備良好的生活機能，食衣住
行育樂都不缺乏，是一個自給自足的社區，它降低交易
成本，但，成為與這個社會隔離的一個社區，眷村裡外
是兩個不同的社會。

眷村是移民村，它的特徵為，首先，眷村由軍方主
導，分軍種居住；其次，眷村居民來自各省，你可以聽
到各省方言，我在水交社可以聽到四川話、湖南話、福
州話等，所以共同的語言是國語；再其次，各眷村都有
一個自治會，或稱眷管所，自治會有一臺電話直通部
隊，當時電話不普及，這臺電話是村子與部隊聯繫的重
要工具，自治會對每一家詳細的紀錄。自治會的功能是
對眷村居民提供綜合性行政服務，有人說是監控眷屬，
類似政戰人員，這是觀點的問題。

　　眷村存在臺灣已超過半個世紀，眷村住戶陸續屆齡退休，最後村子裡看不到穿軍服的人，白頭髮的人愈來愈多，眷村的階段性任務已完成。其次，眷村第二代在臺灣出生與長大，他們對這個社會不再陌生，這裡就是他的故鄉。再其次，五十年來，都會區不斷擴張，當年市郊的土地已納入都市範圍，地價大幅上漲，改變使用土地的機會成本（Opportunity cost）。此時，設立眷村的交易成本逐漸提高，所以政府取消眷村制度。

　　眷村住戶取得的是居住權，政府握有房地產所有權，政府收回房子，住戶必須搬家。於是，敲響眷村的晚鐘，宣佈結束眷村時代，「眷村」這個名詞走入歷史。

眷補證
資料來自：左營明德訓練班 空軍幼稚園畢業證書
眷村文物館。

水交社日據時代房舍一戶分 水交社菜場，官方名稱是「空軍志開新
隔成三戶人家居住，房前有 村副食供應站」。
三個樓梯。

參考文獻：

· 陳柔縉，2005。《臺灣西方文明初體驗》。臺北市：麥田。

· 張炳楠監修，1972。《臺灣省通志卷二人民志人口篇》。臺中市：
臺灣省文獻委員會。對外省人口詳細說明於第四項，外省籍人口
總數及其增加情形，並列於表 107, 108 中。

· 華中興，2002。〈高雄岡山空軍眷村移民的考察〉收錄於黃俊傑
計畫主持《2002 年高雄研究學報：（2001）高雄研究研討會論文
集》。高雄市：春暉出版社。訪問羅尊三，空軍飛行士校四期（空
軍官校十五期特班），34 年來臺從事接收工作的訪談記錄。

· 蕭新煌等著，2011。《臺灣全志卷三住民志族群篇》。南投市：
臺灣文獻館。對外省人口詳細說明於第五章外省人口詳細敘述。

令人難忘的眷村人情味

水交社搬遷後，不少住戶懷念那份濃郁的人情味，為何眷村會有濃郁的人情味？一位《青年日報》記者問過我這個問題，我告訴她：「人與人間的共同點多，就有話題，有了話題就能拉近雙方的距離。」

美國社會學家艾彌爾貝爾·模斯塔法（Mustafa Emirbayer）與杰夫·高得溫（Jeff Goodwin）提出社會網路理論（Social Network Theory），認為網路由三項因素構成，分別是對（Dyad）、節點（Nodes）與聯結（Ties）。對是對口的、複合的與力量，是兩個單位聯合的行為，由此可洞悉組織的細微末節；節點是在網路中成員的位置（Position），或是個別的單位，它是權力的源頭，由此發展出聯結關係，而與其他位置聯繫；聯結，或是系統（System），指位置間的互動關係。網絡關係的強弱取決於雙方共同點的多寡，雙方共同點多，關係強，反之，則弱。可以說，人與人間的關係與雙方的共同點呈正向關係。

眷村住戶至少有三項共同點，大陸的生活經驗；對日抗戰與國共內戰的經驗；有共同的職業——軍人；水交社住戶有另外幾項共同點，大多出身空軍官校；有學長學弟關係；甚至有長官與部屬關係。共同點多，話題就多，而培養出濃厚的「人情味」，「人情味」產生認

同感與凝聚力。其他地方就沒有這種條件，左右鄰居來自不同的環境，每個人從事的行業不同，欠缺共同的話題，缺乏話題，雖然里長舉辦各種活動，設法拉近雙方的距離，但，效果有限。

眷村住戶的共同點多，易於找到共同的話題，大人串門子成為常態。有一次，一位鄭小姐與我談到水交社，我提到「串門子」這個名詞，她說：「『串門子』應該是眷村用語，我在其他地方未聽過這個名詞，我們臺灣人沒有這個習慣。」我說：「這，我就不清楚，但，我知道眷村都有這個習慣。」小孩在鄰居家自由進出，有時碰到鄰居正在吃飯，理所當然的坐下一起吃，若是客氣，反而見外。程明慈回味無窮的說：「每家住得近，鄰居做飯做菜，聞到香味，不久，聽到敲窗戶的聲音，打開窗戶，對方就遞來一盤紅燒獅子頭。」又說：「現在住的公寓，左右鄰居都不認識，也沒有往來，眷村就是有這種人情味。」我家對面巷子的羅媽媽，她先生羅思聖在一大隊飛 B-25，轟炸過黃河鐵橋，她好幾次做大滷麵、紅燒獅子頭、沙拉，都會拿一盤來我們家。毛媽媽搬離水交社後，有一次我去看她，她對我說：「住在公寓好冷清，我住在這裡幾年，隔壁是誰都不知道。」有一次約晚上七點，我到大林國宅，看到趙以章拿個籐椅坐在門口，對我說：「這裡還有點眷村味道，生活嘛！講話要有講話的對象，罵人要有罵人的對象，當初，有人搬到外面，孤零零的一個人，很難與左右鄰居

打交道，不習慣，搬來這裡。」趙以章是水交社極少數的陸軍住戶，因緣際會的住在水交社，他告訴我：「我十二、三歲就當兵，站起來還沒有槍桿子高，我一輩子都在打游擊戰，未曾打過正規戰。」又說：「我十幾歲來臺灣，是最年輕的一代，被稱為娃娃兵。」我說：「我聽父親提過這個名詞，沒想到多少年後有機會碰到娃娃兵。」他笑著說：「我這個娃娃兵已年過八十啦！」

大人盛行打麻將，麻將是群體活動，眷村裡不時傳來唏哩嘩啦的麻將聲，麻將是禁止的活動，偶而聽到某家打麻將被憲兵抓了。

小孩子的休閒活動因年齡而異，最早是官兵抓強盜，在地上用方格畫成十字型或娃娃像的圖案，玩跳房遊戲，大一點，就玩圓牌，或在地上挖三個小洞，彈玻璃珠，或每人出一顆玻璃珠，在地上畫兩條線，一個蹲在一條線的後側，將玻璃珠撒過前面一條線，然後用一顆玻璃珠砸向最遠的一顆玻璃珠，砸中的人全拿，有「賭」的意味，這些活動都是利用自然環境的團體活動，有一次，我與馬榮國聊到這一點，他說：「現在的馬路都是柏油路，你不可能在地上畫方格線跳房或是挖洞玩玻璃珠，現在小孩從小手上拿個長方形盒子玩電動。」目前欠缺可以自然取材的環境活動，孩童的活動以人工製作的東西為主，偏向單獨活動，環境影響人格

的發展。到了初中，象棋、軍棋與西洋棋，進入我們的生活中，有一段時間，每星期六晚上吃完晚飯，我和晉臺鳳等一行人到劉澂家下棋，從七點下到十一點，那是一個大家情緒高昂的夜晚。劉澂的父親劉田文是東北大學機械系畢業，後來進入空軍擔任飛機修護工作，升到上校。多年後，我認識一位在臺南基地擔任飛機修護工作，年逾九旬的退役上校秦維淦，我問他認不認識劉田文，秦伯伯說認識，他是我的長官，還是結婚介紹人，說罷，立即拿出他的結婚證書和來賓簽名給我看。

　　到了初中，區別較大，有些人成群結隊，在村子裡到處逛，刁根煙，認為這才像大人，打抱不平是講義氣，這種小孩叫「太保」，「太保」這個名詞在外面很少聽到，是眷村專有名詞，有一次，程柏光對我說：「『太保』這個詞彙起源於眷村。」我說：「太保打架的理由是看不順眼或占地盤，有一次，我與鄰居羅顯禮一夥人在臺南師專籃球場打籃球，有一個人出現在臺南師專後門口看了看，就走了，有人說：『那是大林的！』不久陸續有人從後門進來，與我們的人追逐著打，他們的人愈來愈多，羅看到苗頭不對，對我吼一聲：『快跑！』我們趕快騎上腳踏車，飛奔離開臺南師專，他們對環境的敏感度很高，反應很快。」羅和我從小一起長大，是我從小的玩伴。程柏光說：「這些人讓父母頭大，只有把他們送軍校，他們進了軍校，放假回來，很有禮貌，完全變了個

人。」我說：「軍校有神奇的法力，把壞孩子變成好小孩。」我們倆哈哈大笑，他說：「曾有一個太保被警察抓了，雙手綁起來，遊水交社，父母傷透腦筋，放棄這個小孩，送到軍校去，他後來升到將軍，他不避諱這件事。」我說：「有一次，我和羅與他們一夥人逛到中山路高等法院前，突然一個人喊：『啞吧！快跑！』我還搞不清楚狀況，啞吧拔腿飛奔，一個人高舉武士刀追過來，啞吧穿過高等法院旁的小巷子，越過北門路，進入公路局站公路局車輛進入的門，跑過消防栓的鐵牌，順手將標誌消防栓的鐵牌撂倒，鐵牌剛好倒在武士刀上，『吭！』一聲，武士刀掉在地上，啞吧人已不見蹤影，他們反應很快。」我說：「太保在智慧與能力上比同齡小孩略高一點，才能混太保，這條路不是既定的路子，完全要自己摸索，其實，混太保的時間不長，大約初二到高二這段期間，你應該看不到高中畢業還混太保的，這三、四年時間，他們沒有在學校，以後很難彌補，他們以後就在這裡吃虧，若給他們機會，他們表現得應不會差。」程說：「沒錯！水交社有太保後來當法醫和將軍。」眷村子弟好的很好，壞的很壞。

有些人知道，眷村住戶沒有土地，沒有產業，唯一的前途是讀書，而努力讀書，大學畢業後出國留學，在各行各業嶄頭露角的，不乏眷村子弟。

有相同背景的人較易建立關係，共同點愈多，愈易

拉近雙方的距離，所以眷村的人際關係互動性很強。有
人問我：「眷村有甚麼特色？」我答道：「濃厚的人情
味。」就是這份濃厚的人情味，在搬離眷村後，更加讓
人懷念不已。

程柏光暢談水交社眷村生活。　　　　　　毛媽媽回憶水交社眷村生活。

文化交流與融合

　　獲得 1948 年諾貝爾文學獎的美國人湯瑪斯・艾略特（Thomas S. Eliot, 1888－1965）在《基督教與文化（Christianity & Culture）》一書認為，「文化是在同一地域的某個民族的共同生活方式。文化表現在該民族的藝術、社會制度、風俗習慣以及宗教之中。其實，文化傾向內在層面。」盧佶・歸依索（Luigi Guiso）等人認為（Guiso，2006）：「文化是一代一代因襲成俗的對種族、宗教與社會群體的信念與價值觀。」人是文化的載體，文化跟著人流動，而與其他文化交流。文化的融合經過排斥、接納與融合三個步驟。

　　臺灣是以福建移民為主的移民社會，展現出濃厚的閩南文化，十九世紀中葉，外國宣教士來臺灣傳教，他們使用廈門發展出的羅馬拼音閩南語學閩南語，稱白話字，使用此種語文發行《教會公報》，在長老會中學校（現在的長榮中學）與臺南大學（現在的臺南神學院）使用此種語文教學；1920 年代的臺灣文化運動，目的設法在日本殖民政府推動日本文化時，保存中華文化，當時在臺南成立詩社南社，寫作中國古詩，以閩南語朗誦；臺灣的流行跟著上海走，而非日本東京，譬如上海流行旗袍，影響到臺灣女孩的衣著；上海上演《桃花泣血記》電影，臺北跟著上演，並請臺南的王雲峰創作背

景音樂，是臺灣第一首流行音樂，因為臺灣人就是中國人，他們要保存自己的中華文化。1949 年的移民來自大陸各省，等於將一個縮小的中國搬來臺灣，有均衡臺灣文化偏向閩南文化的功能。

陳朝興認為，1949 年從大陸來到臺灣的人約占臺灣總人口 13.35%（陳朝興，2015：表 1-2），比例相當高。這群人以軍人為主，他們穿軍服的時間相當長，我水交社鄰居穿軍服超過三十年的比比皆是，我父親穿軍服三十三年，我讀大學時，父親的軍服尚未脫下，他們採取群聚的方式生活，稱「眷村」，他們的原鄉文化與長期的軍隊生活，形成特有的文化（陳朝興，2015：79-82），現在稱「眷村文化」，對臺灣社會有某整程度的影響力。

我讀小學時的一天晚上，爸爸官校二十一期的一位同學來找他，他們在客廳聊得很愉快，客人走後，爸問我：「你知道他是哪裡人？」我驚訝怎會有這個問題，爸說：「他是新疆人。」抗日戰爭時，國人團結起來一致抗日，他進入空軍官校，隨政府來到臺灣。眷村是臺灣這個大社會中的一個小社會，它使這個小中國與以閩南為主的社會隔離，但並存，眷村保護著這個小中國，這個小中國隨著時間的推移，逐步與主流社會融合。

移民到第二代為止，第一代有家鄉生活的經驗，而有濃厚的故鄉情結，他們會將家鄉的事情告訴子女，第二代在本地出生與生活，他的家鄉觀念來自父母，對故鄉的情感淡薄，他們沒有父母家鄉生活的經驗，無法將父母家鄉的情況告訴子女，因此第三代對家鄉沒有概念，他們在本地出生與生活，完全是當地人，所以移民到第二代，眷村也到第二代。

文化融合的第一步是飲食。1949 年的移民為臺菜加入新元素，使臺菜不侷限於閩南口味，為臺菜開啟一個新紀元。我一位朋友謝天智跟我說：「我讀臺南市中時，常到學校旁的水交社吃外省麵，外省麵很好吃，水交社有大陸各省的人，北方人以麵食為主，他們的麵食內容豐富，閩南人以米食為主，所以臺菜的麵食不若北方豐富，外省麵豐富臺灣麵的內容。」也有其他人跟我提過類似的話。目前做眷村菜的都是第二代，他們面對的顧客是臺灣人，他們逐步調整菜色的口味。我問冷家涼麵：「你們賣的是家鄉菜或臺菜？」對方說：「臺菜。」「為什麼是臺菜？」「面對臺灣客人，必須因應顧客口味調整。」有些店家有不同的觀點，二空趙家表示：「我們堅持眷村口味，這是我們的特色。」于秀媛，瀋陽人，出生時那裡是滿洲國，兩歲時滿洲國結束，她跟我說：「現在吃不到當年家鄉口味的菜色。」經過半世紀，當年各個家鄉口味的眷村菜已與臺菜融合在一起。程柏光跟我說：「眷村美食徒具虛名，這種東西怎麼能

掛『眷村』的名稱！」我父親與程柏光的父親都是福建
福州人，福州有一道名菜是鼎邊銼，小北夜市有一家小
有名氣的鼎邊剉，我跟程柏光說：「有一次我與父親去
小北夜市，順便吃鼎邊剉，東西端上來後，父親皺著眉
頭說：『這怎麼是鼎邊剉！？』我吃得津津有味，說：
『還不錯，好吃。』父親在一旁皺著眉頭笑。」我說：
「在臺灣出生的福州人不能算福州人，我就沒吃過道地
的鼎邊剉！」程笑著說：「我在福州出生，是道地的福
州人，吃過道地的鼎邊剉！哈哈！」類似在美國讀書
時，我吃中國菜，怎麼樣都不像中國菜，老美卻吃得津
津有味。

水交社有少數幾位女眷是本省人，他們的子女說得
一口流利的閩南語。劉振雄，我臺南空小同學，後來讀
軍校，眷村第二代讀軍校的比例相當高，他的太太是本
省人，在同學中已少見，前幾年在臺南政大書城，聽她
女兒的新書發表會，她的女兒說一口流利的閩南語；
2018 年在南瀛眷村文物館金冠宏里長辦的眷村文物研
習營，一位女大學生，講得一口流利的閩南語，她跟我
說：「我是眷村第三代。」我一時愣住，說：「眷村有
第三代嗎？」她說：「我父親與爺爺都是軍人，我小時
住在眷村，後來父親在外面買房子，我們才搬出眷村。」
我想，喔！大陸來臺的軍人已被稱爺爺！我回頭望望，
不知何時，這條時間河流流得這末長，1949 這面牌子
浮在水面，載浮載沉，波浪不斷打在牌子上，牌子上的
字在水波中時隱時現。

　　蘇佳欣，本省人，住在眷村附近，她不少玩伴都是眷村子弟，她常去眷村跟她們玩，她們沒有排擠她，她一位遠親手背有刺青，是反共義士，參加修建南化水庫，他沒有孩子，對她很好，視為自己的女兒，我告訴她：「反共義士可能參加過韓戰，之前可能是國民黨軍人，國共內戰時可能被俘。」所以她對眷村的印象好，她曾在《自由時報》寫過〈往事留聲機，道班房的回憶〉一文，回憶這段日子。李宸逵，住在眷村附近的本省人家庭，母親常到眷村串門子，他對眷村的印象不錯，他看了我的《府城竹籬笆歲月》，告訴我，這本書喚起童年與眷村子弟相處的歲月。

　　現在已聽不到家鄉口音，大陸來臺人士已走完他們的路子，離開這個舞臺。他們帶來的漢文化與臺灣文化在衝擊中，逐漸找到均衡點。

　　臺灣歷經荷據時期以及日本殖民時期後，分別接上漢政權。這兩個外國政權分別為不同時期的漢文化注入新的因素，而後接上的漢政權，使漢文化不致於中斷。1949 年的移民將一個縮小的中國帶來臺灣，具有文化調節的功能，使臺灣不致過度偏向閩南文化，在華人地區只有臺灣有這樣的機會，這是臺灣的優勢。

　　漢、唐兩朝是中國歷史上兩個偉大的朝代，中國人又稱漢人，所以美國華人居住的地方稱唐人街，為何這兩個朝代如此的輝煌耀眼？因為這兩個朝代與外國往來密切，大量吸收外國文化，而光大自己的文化，《貞觀政要安邊第三十六》所述：「天子之於萬物也，天覆地載，有歸我者則必養之。」當時寬大的胸襟陶鑄這樣的文化。

　　臺灣有面對多元文化的機會，假以時日，經過整合與融合，會孕育出璀璨的臺灣文化，它是中華文化的分枝，這個分枝將是一顆閃亮的星星。

參考文獻：

· 　陳朝興，2015。〈眷村的空間及其空間性〉收錄於李廣均等著，《眷村的空間與記憶》。臺中市：文化部文化資產局。陳朝興、張雲翔、
· 　黃洛斐，2009。〈眷村的前世：歷史社會脈絡及文化保存〉收錄於陳朝興等著，《眷村的前世：分析與文化保存政策》。臺中市：文建會文化資產總管理處籌備處出版，引用張品，2006，〈閱讀眷村〉刊載於《臺北縣地方文史研究：眷村篇》的資料，「1949年代的新移民中約有六十萬的軍人，占臺灣人口數的 8.8%。當時戰亂，未建立完整的戶政制度，不同管道的數據有差異。黃宣範，1993。《語言、社會與族群意識－臺灣語言社會學的研究》。臺北市：文鶴，20-21 頁關於外省人占總人口數之比，有 15%，13.06%，13%，三種數據，統計方式不同，結果就不同；臺灣人口年增率在 1950 年代達到高峰。年增率在 4%-3.4% 之間。
· · 　Guiso, Luigi, Paola Sopienza, Luigi Zingales, 2006. Does culture affect economic outcomes? Journal of Economic Perspectives, 20:2, 23-48.

眷村文物

民國九十年代初期，眷村拆遷後出現「眷村文物」這個名詞。什麼是眷村文物？一直迷惑著我。2022 年 7 月，我參加南瀛眷村文物館金冠宏館長舉辦的高雄眷村之旅，在左營高雄市國軍眷村文化發展協會，我問總幹事孟繁珩，他給我答案：「眷村文物是軍中製造，眷村使用的文物。」他的回答讓我茅塞頓開，換句話說，眷村文物是眷村獨有的文物，外面看不到這類文物。

眷補證

眷補證是軍人眷屬身份的識別證。有人認為眷補證不屬眷村文物，因為有些軍人眷屬不住眷村也有眷補證。

國防部製訂眷補證制度，它是軍人眷屬身份的證明書。眷補證除了軍人眷屬身份的證明書外，可以依眷補證領食物，眷補證依年齡分為大口、中口與小口，拱三種，裡面有糧票，糧票分米、油、鹽三種，這是主食，每個月農會會來村裡發米、油、鹽，我們需拿糧票領取。左營、新竹與南瀛眷村文物館都有展示眷補證。

眷補證
資料來自左營明德新村。

各類鋁製品

空軍擔任飛機修護的老士官有專門技術，他們會廢物利用，因此，使用報廢飛機的機身鋁片，製作各種日常生活用品，飛機機身的鋁質料輕，品質佳，不會生鏽，使用這種鋁材料製造的生活用品很受歡迎，而且可以依據個別需求，量身訂做所需的用品。

水交社文化園區展示一尊高桶大口有把柄的鋁壺，乍看之下，以為是尿壺，又不太像，看了說名牌，才知道是咖啡壺，但，也不太像，它沒有倒水的壺嘴，又太大，裝滿咖啡相當重，何況當年臺灣喝咖啡的人極少，誰要這麼大的咖啡壺？據說是美軍俱樂部使用的。

　　屏東勝利新村展示,使用報廢的飛機副油箱製作水塔,一旁有說明牌,說明上方為 F-5 戰機副油箱,下方為 C-119 運輸機副油箱,負責解說的葉慶元告訴我,據說該村原本有七個副油箱水塔。

鋁製咖啡壺　　　　　飛機副油箱水塔

結論

　　1950～60 年代的社會,物資短缺,強調廢物利用,東西不是用一次就丟,而是重複使用,軍中提倡克難精神、推行克難運動,國軍選拔克難英雄,就是現在的「環保」;同時,社會分工沒有現在的精細,不少日常用品要自己做,所以這些具有專業技術的軍人,會發揮創意,運用軍隊報廢物品,廢物利用,自己動手製作生活用品,留下難得的眷村文物。

人物

銅像

　　小學運動場的一角樹立著一座半身銅像，銅像戴著軍帽，軍帽中央嵌著國徽，國徽兩旁各有一隻向上彎曲的翅膀，帽緣下，一副年輕英俊的面孔，一雙炯炯有神的眼睛望著正前方，兩邊衣領上各別著一隻螺旋槳，銅像基座上嵌著一塊銅牌，寫著銅像主人的生平事蹟，對日抗戰期間，他駕機與日軍作戰，在一次空戰中，血灑長空，為國家獻出他年輕的生命。他有如一顆流星，劃過漆黑的夜空，閃出耀眼的光芒，而後迅速的消失，帶給人們深沉的嘆息與懷念。

　　1943 年 6 月 6 日，我空軍四大隊的十二架 P-40 驅逐機攻擊湖北西部轟家河地區日軍，返航後陸續在梁山降落，此時，日本陸軍航空隊第三十三戰隊十四架戰鬥機護航第九十戰隊八架川崎九九式雙發動機輕轟炸機，尾隨我返航機群，利用我返航機群陸續降落時，九九式雙發動機輕轟炸機在機場上投彈，地面上的飛機一架接一架起火爆炸，我空軍第二十三中隊中隊長周志開最後一架落地，他的 P-40 油料已耗盡，看到此種情況，他匆忙冒險登上一架由於迷航，而降落在梁山機場，漆著美國陸軍航空隊標誌的 P-66 戰機，起飛迎戰，在離地兩百英呎時，他大膽，技巧的急速拉升，瘋狂的追擊日機，擊落一架館野榮曹長的三號九九式雙發動機輕轟炸機，該機起火燃燒墜落，機組員雨宮長雄准尉、吉田亮

助曹長、鈴木重雄軍曹均殉職；周至開隨即東向，追擊赤沼正平中尉的領隊機，擊中該機右發動機，該機以左發動機低空飛抵荊門基地迫降；周至開再追擊向北逃逸的佐佐木信行曹長的二號機，在信陽上空，擊中該機，該機起火爆炸，墜落在新下鄉，同機的松田仲治准尉、島井弘曹長、三宅三郎軍曹均殉職，空戰歷時二十多分鐘。6月13日，蔣委員長在白市驛機場，公開嘉勉周至開，並為他頒授青天白日勳章。

同年12月14日上午10時，周志開駕P-40N單機由恩施機場起飛，前往鄂西偵察，遇到日軍四架中島Ⅱ式「鐘馗」戰鬥機，日機向他的飛機開槍，油箱被擊中，迫降在長陽縣龍潭坪，迫降時由於重力衝撞，他的下顎以上全部撞碎，撿拾遺骸後，葬在重慶南山空軍公墓。周志開犧牲後，母親周王倩綺女士表示：「戰死沙場是軍人的本分。」將撫恤金轉贈空軍教育事業，並將十三歲的幼子送入空軍幼校，她被尊為「空軍之母」。周志開的母親來到臺灣，住在臺南水交社，她的親戚傅家濂家中。空軍為紀念周志開，將臺南原日本海軍航空隊的宿舍水交社，命名為志開新村；1967年，臺南空軍子弟小學改隸當地市政府後，更名為志開國小。

2017年10月21日，空軍子弟學校校友會秘書長何又新帶領田定忠，廖大武和我，在一個細雨綿綿的秋

天，來到重慶南山空軍墳，在何秘書長囑咐下，我寫一篇祭文，何秘書長買一束花，我們四人走上一百六十八級石階，站在南山空軍墳入口石碑前，石碑是一對豎立的象徵性機翼，頂端是一具螺旋槳，一對機翼間由上至下是國父孫中山先生手寫的「志在沖天」四個大字，我讀祭文，何又新捧著一束鮮花，向血灑長空的烈士表達我們最高的敬意，隨後我們到墓園探望。在濕漉漉的竹林中的草地上，我看到躺在地上的周志開長方形墓碑，上面是一圈雕刻的花環，下面是「周志開」三字以及生卒年月日「1919.12.10 - 1943.12.14」。除了重慶南山，南京航空烈士公墓有一塊周志開墓碑，這應該是紀念碑，1943 年周志開殉職時，南京是日本占領區，周志開不可能埋骨於此，抗戰勝利後也沒有遷葬。

　　國民政府為安葬在抗日戰爭中殉職的中美蘇空軍烈士，購買南山長房子放牛坪約兩百多畝土地，設置墓園，空戰與墜機，這些人沒有全屍，空軍將撿拾到的零星屍塊放入高級木材製作的棺材裡，埋在這裡，每年舉行隆重的祭祀。1949 年，國民政府撤離大陸後，這個墓園遭到嚴重的破壞，墓碑被拿去修建道路或鋪橋樑，棺材板被拿區修豬舍，墓穴成為一個個大坑，長出一叢叢的竹子。印象中，大陸開放後，曾在這一帶作戰的喬無遏將軍來到這裡，看到空軍墳被破壞殆盡，提議重修空軍墳，因為這些人是為抵抗日本侵略者而犧牲的，有社會人士提出類似的反應。2008 年，重慶市政府重修

這座公墓。

　　福建外海的海島臺灣，一所以他的名字命名的小學校園的一角，豎立一座他的半身銅像，銅像坐東朝西；日軍飛機的子彈帶著死神，決定銅像主人留在世上的相貌，無論時間如何延伸，也無法改變，他一雙炯炯有神的眼睛望著正前方，穿過臺灣海峽，層層高山峻嶺，望到他墜機的荒山野地，望到他埋骨所在，在《筧橋航校校歌》「長空萬里，復我舊河山」的旋律中，他在天空為國家流出最後一滴血，並解救臺灣脫離日本殖民統治。

　　陰沉沉的天氣，飄著小雨，我撐著傘，我們四人走下濕漉漉的石階，我回頭望一眼，山腰漂浮著白霧，竹林與墳地隱藏在白霧中，隱約可見「志在沖天」四個大字。

（眷村，第 6 期，2022.10.）

空軍子弟學校校友會秘書長何又新、田定忠，廖大武和我在南山空軍墳前。

躺在地上的周志開墓碑。

臺南空軍子弟學校，現在志開國小的周志開銅像。

一位抗日飛行員的故事

日軍軍靴「喀！喀！喀！」踩踏在中國的土地上，踩踏出他藍天白雲的飛行生涯。

苑金函畢業於航校五期，他是少數從淞滬之役到抗戰勝利，都是第一線的戰鬥機飛行員，814 似乎是他的日子，他是少數在臺灣的 814 空戰參戰者。

他最足稱道的戰役是，1937 年 8 月 23 日上午，四大隊二十一中隊的三架霍克三轟炸位於瀏河的日軍部隊，此時，碰到九架日軍九六式戰鬥機，雙方在空中互相追逐；我軍霍克三是雙翼機，日軍九六式是單翼機，顯然我軍戰機有點過時；日機的數量多於我方；苑金函用較過時的雙翼機擊落一架日軍新式的單翼機，足證他的飛行技術不錯，此時，飛機突然激烈震盪，他感到身體激烈疼痛，他知道不對勁，伸手摸摸疼痛的地方，感到手上黏黏的，他低頭看到滿手是血，原來一顆子彈穿過耳朵傷到手，腿與背上都中彈；飛機失去控制，呈螺旋下降，高度錶指針倒轉，從五千呎降到一千呎左右，這樣的高度無法跳傘，他忍痛，鎮定的將受到重創的飛機，迫降在羅店附近的田野。羅店位於上海東部，國軍和日軍這裡進行拉鋸戰。飛機迫降時，激烈的震動，整個人被拋出機外，重重摔昏在泥土上，兩位農民看到有

飛機墜落，跑過來，看到他的草綠色飛行衣都是血，顯然受傷不輕，二人將苑金函抬到紅十字會救護站。中國紅十字會上海分會第一救護隊在戰區設立救護站，派一位醫師與四位護士，他們穿著白衣服，手臂上配戴紅十字的徽章。醫護人員看到苑金函受重傷，需要送到醫院治療，設法將一個藤椅綁在兩根竹竿上，讓苑金函坐在藤椅上，由醫護人員抬著走到汽車站，準備送醫院。此時，陸軍傳令兵過來告訴醫護人員，羅店失守，部隊馬上後撤，請他們跟著後撤。此時，苑金函剛從昏迷中清醒，迷糊中聽到這個訊息，他用微弱的聲音告訴醫護人員，我傷勢重，不一定會好，不要管我，你們先走。醫護人員認為，他們的責任是救護抗日受傷的軍人，而堅持留下照護苑金函。

不久，日軍來到，救護隊醫生與護士告訴日軍，他們是紅十字醫護人員，在救治傷患，日軍趁機調戲女護士，蘇克己醫師拿藥箱阻擋，日本兵開槍一陣狂射，醫師與護士全部倒在血泊中。重傷的苑金函，無法動彈，他靈機一動：「裝死！」他的一隻眼睛受傷無法閉眼，紀錄日軍的一舉一動。一位日本兵走過來，伸出食指放在他的鼻孔下試探，看看有沒有呼吸，他索性憋氣裝死到底，日本兵發現他沒有氣息，還不放心，硬生生的在他胸部上刺了幾刀，血從傷口流出，他忍住痛不吭聲也不動，日軍確定他已死亡而離開。一段時間後，他在半昏半醒中，看不到日本兵，聽不到他們的講話聲，四周

寂靜無聲,他知道日本人走了,他吃力的站起來,卯足
全力奔離現場,最後昏倒在農田裡。幸運之神再次眷顧
他,一位農民發現有人倒在田裡,跑過來,看到草綠色
飛行衣上滿是血,顯然他受傷不輕,將他揹到家裡,他
醒後發現躺在農舍裡,農民告訴他,這裡距羅店十五
里,安全應沒問題。農民夫婦二人商量後,決定走水
路,將苑金函送到後方,於是二人連夜將他抬到河邊,
找了一隻船,送他到嘉定縣城國軍駐防地。這場戰役,
他的左耳被削掉半邊,他的鼻樑受傷,頸部留下明顯的
槍痕,被同事取了個綽號「牛鼻子」、「缺耳朵」。

中美空軍混合團成立後,他擔任第三大戰鬥機大隊
中方大隊長,中美空軍混合團是雙首長制,中隊長以上
主官,各設中方主官與美方主官。空軍總司令部的一份
刊物《中國的空軍》,曾讚譽他為「三大隊的神經中
樞」。1944 年的中原會戰,他率領三大隊在徐州與蚌
埠間,阻絕坂垣師團前進。

他來到臺灣後住在水交社。1940 年代初期,空軍派
人到美國受訓,學飛噴射戰鬥機,他們在美國看過美國
空軍雷鳥小組的飛行表演,回國後,利用臺海偵巡任務
回來時,在七股上空,以七股鹽田的格線為基準,練習
飛行特技。1953 年,苑金函擔任臺南一聯隊聯隊長,
批准成立雷虎特技小組,1956 年 8 月 14 日,獲空軍總

司令王叔銘授旗取名為「空軍雷虎小組」。

　　1987 年 11 月 2 日，蔣經國總統准許到大陸探親。此時，苑金函退休多年，他知道這是個機會。國民政府在抗日戰爭勝利後，在上海羅店豎立一座紅十字紀念碑，紀念殉職的醫護人員。1988 年秋天，他千里迢迢的從臺灣來到上海，轉到羅店，這裡是上海近郊的小鎮，房舍錯落散佈在田野中，散發出一片靜謐祥和的氣息。七十多歲的他，捧著一束鮮花，來到紅十字紀念碑前，慢慢踏上石階，將鮮花放到紀念碑前，他抬頭看著紀念碑上的紅十字標誌以及紀念碑上那幾張相片，半個世紀前的那場空戰浮現在腦海中，他的眼眶濕了，臉上兩道淚痕。事件發生五十年後，他第一次也是唯一一次，給為他犧牲的四位醫護人員獻花。他沉默良久，一句話都沒說，轉身離開。

中美混合團時期，苑金函（中）
與美國友人在 P-40 機前合影。
資料來自：網頁中國空戰 - The China Air War。

對日抗戰勝利後，國民政府
於羅店興建的紅十字紀念碑
資料來自：網頁上海羅店。

遠去的友誼

　　亞里斯多德認為，人的每個選擇與行動都是有目的。英國經濟學大師亞當斯提出「經濟人（Economic Man）」或「理性人（Rational Man）」的概念，認為人的行為經過大腦思考，會採取有利於自己的行為。中美友誼奠定在此項理論上。

　　水交社文化園區東側的勞工休閒中心對面有一條東西向的馬路，與南門路呈「丁」字型，一面綠底白字的路牌高掛在水泥柱上寫著「新興東路」，這條路相當寬，五線車道，兩旁隔著分隔島是慢車道，慢車道旁是機車停車格，它原本是水交社幹道——興中街，該街勉強約兩個車身寬度，錯車時，雙方都要減速。北側的一排小吃店已被道路取代，南側的小公園以及旁邊的日本式木造房舍，已成一片空地，興中街只有從記憶中探尋。

　　我走到新興東路西端，這裡約有十五度向西傾斜的斜坡，直到與水交社路交叉處為止。交叉點的西南方有一塊水泥地，水泥地上有一大塊方形鐵牌，鐵牌兩邊對角分別寫著「眷村文化園區」字樣，鐵牌上畫著一架螺旋槳戰鬥機，機首是鯊魚頭，機翼上是一顆白星，P-40飛機映照出青天白日旗與星條旗飄揚下，那段遙遠的中美的友誼。

　　1932 至 1935 年，杭州筧橋中央航空學校草創時期，美國陸軍航空隊退役上校約翰‧裴偉德（John Jouett）應聘擔任中國空軍顧問。中美友誼曙光一現。

　　1937 年 4 月 30 日，一位四十七歲的美國陸軍航空隊上尉飛行員克萊爾‧陳納德（Claire L. Chennault）告別二十多年的軍旅生涯。這一年，蔣夫人授克萊爾‧陳納德上校軍銜，聘他為中國空軍顧問，協助中國空軍的訓練與作戰。他為中美友誼踏出一條路。

　　1937 年 10 月，在軍事委員會蔣介石委員長要求下，克萊爾‧陳納德聘請四位法國人、三位美國人、一位荷蘭人和一位德國人以及四位外籍機械員，在漢口成立空軍第十四隊，大部份隊員為外國人，又稱國際志願隊，簡稱國際中隊。中隊長為美人文生‧舒密特（Vince Schmidt），該中隊直接由航空委員會顧問克萊爾‧陳納德指揮，不接受中國空軍指揮，隊址設在漢口公園內，由中國政府支付外國隊員高額薪津。1938 年 10 月，航空委員會下令解散該隊。

　　1941 年 8 月 1 日，克萊爾‧陳納德在緬甸的仰光成立中國空軍美國志願援華航空隊（American Volunteer Group, AVG），這是官方名稱，俗稱飛虎隊（Flying

Tiger），由克萊爾·陳納德擔任大隊長。中日戰爭與
美國無關，美國無意伸出援手，不准美國軍人投入中日
戰爭，所以志願隊所有成員都是美國陸軍、海軍航空隊
退役人員。志願航空隊人員由中美合作的中央飛機製造
公司以技術員聘用，聘約期間為一年。駐防在緬甸的東
瓜，或譯同古，主要任務是中國西南部，昆明地區以及
滇緬公路的空防。1941 年 12 月 7 日，日本攻擊美國珍
珠港，美國對日宣戰。1942 年 6 月結束美國志願航空
隊。

　　1941 年 3 月 15 日，美國通過對中國的《租借法案》
，我國空軍官校學生從十二期到二十四期，分批前往美
國接受訓練。這些前往美國受訓的空軍官校學生在美國
生活兩年，見識到美國的富裕與雄厚的國力，爸爸是其
中一員，他說：「我每天都可以吃牛排，喝牛奶，在國
內是不可能的。」又說：「受訓的梯隊很多，廚房的東
西不斷出來，用餐時間一結束，有些東西沒有動到，也
往垃圾桶倒，絕對不隔夜，我們認為是浪費，他們認為
衛生第一，這是他們富裕的緣故。」日本人的砲火，建
立太平洋東西兩岸兩個遙遠國家的友誼關係。

　　珍珠港事變後，美國注意到中國戰場在西部牽制大
量日軍，使日軍在東西兩面作戰，分散資源，減輕美國

在東部太平洋戰場的壓力，而援助我國。1942 年 7 月 4 日，成立美國陸軍第十航空隊，俗稱「美國駐華空軍特遣隊（China Air Task Force, CATF）」。解散美國志願航空隊，將美國志願航空隊納入美國陸軍第十航空隊，成為該隊的第二十三戰鬥機大隊，由克萊爾・陳納德指揮。1943 年 3 月 10 日，在昆明，美國成立第十四航空隊（14th Air Force），由克萊爾・陳納德指揮。第十四航空隊直接受美國陸軍航空隊司令亨利・阿諾德（Henry H. Arnold）指揮。1943 年 11 月 5 日，我空軍第一、三、五大隊與美國陸軍第十四航空隊混合編組，在桂林成立中美空軍混合團（China American Composite Wing, CACW），又稱中美聯隊，隸屬中國空軍建制，由克萊爾・陳納德擔任司令，中隊長以上各級指揮官，由中美雙方各派一人出任，為少見的雙部隊首長制；第三大隊，中方大隊長為苑金函少校，第五大隊，中方大隊長為向冠生少校，二人都住過水交社。抗日戰爭使中美友誼的那雙手緊握在一起。

1943 年 5 月 31 日，空軍第四大隊大隊長李向陽率領二十三中隊八架 P-40，會同美國第十四航空隊四架 P-40，護航轟炸荊門前線日軍補給庫的美國第十四航空隊六架 B-24 轟炸機。回航時，在荊門上空遇到日本海軍航空隊十二架零戰，雙方展開空戰。美軍十四航空

隊副領隊約翰・愛立生（John R. Alison）中校被一架零戰死咬住尾巴，約翰・愛立生使出渾身解數，上下翻滾，試圖擺脫這架零戰而失敗，此時臧錫蘭正追擊一架零戰，他瞥見右後下方這架美方飛機，被日機死咬住機尾不放，他立刻反轉機頭，迅速繞到這架零戰後方，將之擊落。他蒙　蔣委員長召見嘉勉，晉昇上尉，並頒發星序獎章。星序獎章頒贈擊落敵機者，獎章上的星表示擊落的敵機，一顆星表示擊落敵機一架。美國十四航空隊答謝臧錫蘭迎救美國戰友，特別邀請他到該隊昆明總部暢敍並致謝，美軍中印緬戰區司令約瑟夫・史迪威將軍代表美國政府頒發銀星獎章，約瑟夫・史迪威將軍在授勳時，用華語說道：「我們能夠為你帶上銀星勳章是非常榮幸的。」重慶《大公報》以粗黑字體為標題報導。美國政府為此贈送我空軍四架 P-40 戰機，當時重慶中央廣播電臺向美國及本國同胞各廣播一次。臧錫蘭來到臺灣後，住在水交社，1968 年搬離水交社。

1945 年 9 月 21 日，二次大戰的砲聲停止，中美空軍混合團解散，中美空軍混合團結下的中美友誼劃上句點。

1946 年 7 月 29 日到 1947 年 5 月 26 日，美國對國民政府實行武器禁運。1949 年 2 月初，美國總統哈利・杜魯門（Harry S. Truman）決定：「不停止對中國的

軍援，但要儘可能採取非正式行動，拖延啟運。」1950
年 1 月，美國認為援華不符合美國的國家利益，停止對
我國的軍援。

　　1950 年 6 月 25 日，韓戰爆發。1951 年，美國總
統哈利・杜魯門的外交顧問約翰・杜勒斯（John F.
Dulles）提出島鏈理論（Island Chain Strategy），認為
西太平洋一連串的島嶼對中國大陸形成包圍態勢。若美
國與這些島鏈國家建立良好的關係，可以對中國大陸構
成圍堵的態勢，符合美國的國家利益。臺灣位於第一島
鏈的中央位置，具有重要的地緣戰略位置，所以美國援
助臺灣。1954 年 12 月 3 日，在華盛頓，約翰・杜勒斯
代表美國政府與臺灣簽訂《中美共同防禦條約》。海峽
兩岸的緊張關係，再度牽上太平洋東西兩岸遙遠國家的
兩隻手，於是星條旗飄揚在臺灣上空。

　　美軍在臺南基地部署可以攜帶核彈頭的屠牛士飛
彈，駐防戰鬥機部隊，設立空軍預警戰管辦公室，駐防
EC-121D 空中預警機，帶來亞航的黃金時代，亞航成為
東亞首屈一指的飛機維修廠。

　　此時，美國代表富裕與希望。臺南市區不時看到亞
航藍色鐵皮的六輪大卡車，井守俊先生，空軍地勤少校
軍官退伍，進入亞航開六輪大卡車，聽說待遇比少校軍

官高出一大截，令不少人羨慕。我多次去高雄坐公路局
走省道，經過臺南機場南側亞航時，在亞航停機坪上看
到不少型式特別的美軍待修飛機，幾乎每次都看到粗壯
機身的 F-4 幽靈式戰機。F-4 幽靈式是美國海空軍的主
力戰鬥機，我們爭取多年未能購買到。

　　我往東望，可以看到勞工休閒中心與松柏中心的樓
房，這裡原本為海拔二十多公尺的桂子山，山上有美軍
俱樂部，俱樂部的大門建在山坡上，正對水交社主要街
道興中街。水交社靠近南門路一帶，有因應美軍的委託
行，可以買到美軍委賣的貨品；有一家紅鼻子牛排館，
應該是臺南市第一家牛排館，當時一般人吃不起牛排，
牛排是老美吃的；龔啓源，我空小同學，星期六與日在
路旁打工洗車，他賺美金賺得不亦樂乎，當時美金是一
比四十五，當時臺南的車子很少，只有美國人才會來這
洗車。美軍撤走後，臺南市政府將桂子山推平，興建勞
工休閒中心與松柏育樂中心。

　　1972 年，美國總統理查・尼克森（Richard M.
Nixon）訪問大陸，1979 年 1 月 1 日美國與大陸建交，
美國從臺灣撤軍，終止與臺灣的外交關係，而結束這段
友誼。

　　美軍十四航空隊副領隊約翰・愛立生戀戀不忘那場
空戰，一位中國空軍解救他的危機，而一直對我國很友

善。每年美國紀念二戰勝利的國殤日遊行，約翰‧愛立生都站在中華民國代表隊的行列中。2011 年 6 月，他以九十八歲的高齡，在華盛頓家中過世，葬在美國華盛頓的阿靈頓國家公墓，載運他棺木馬車的馬車在阿靈頓國家公墓的墓道上行進，響起「的答！的答！」的馬蹄聲，是如此的清晰單調，這個聲音敲開時光隧道的鐵門，讓人一窺那久遠、模糊，幾乎被遺忘的中美友誼。

水交社文化園區的 P-40 戰機圖案。

水交社住戶葉富根在美國受訓的識別證。

水交社住戶蕭國祥在美國受訓的識別證。

走過一世紀的人

　　看著趙雲芳伯伯在餐會後送給我的自畫像，自畫像的右上方有一行字「一百歲了」，這個「了」是驚嘆號。「驚嘆號」驚嘆人生的變化多端與無法預測，人生正是由一連串的驚嘆號組成的，不是嗎？

　　活到一百歲的人少，一百歲又耳聰目明的人更少。趙雲芳伯伯滿頭白髮，穿著深色的西裝，他不拿拐杖，不需扶持，緩慢的步入長榮桂冠的貴賓廳，他的大兒子陪在旁邊。我過去跟他講話，無需大聲，他能對答如流。兩個小時的餐會，他精神奕奕的一邊吃飯，一邊與人聊天。

　　他十七歲加入空軍，在空軍待了四十三年，六十歲退休；他在空軍擔任飛機修護工作，從木製機身，帆布機翼的螺旋槳雙翼機到著名的 F-86 噴射戰鬥機，他都維修過；他是走過抗戰歲月的人，抗戰八年，他都穿著軍服；他從中國傳統社會到臺灣西化的社會；這些都刻印在他臉上的皺紋。餐會大廳的牆上拉下一張大銀幕，上面映出一張張趙伯伯的生活照，從黑白照片到彩色照片，照片中的人物從黑髮到白髮。

　　他的記憶力奇佳。有一次，我拿一張照片給他看，

他一眼就認出照片上的人物，告訴我，那位是高志航，那位是李桂丹，他說：「我見過他們。」這兩位都是對日抗戰初期殉職的飛行員，現在見過這兩位的人已屈指可數。在漢口，他看過中蘇空軍飛行員聯合作戰的場面，他說：「俄國飛行員是不離開飛機的，他們下飛機後，就在機翼下休息，一旦有事，可以迅速上飛機起飛，以爭取時間。」他是南京人，他清楚的記得那次南京空戰，日本飛機空襲南京，日機是新式的單翼機，金屬機身，劉粹剛駕駛較落伍的雙翼機，單機起飛迎戰日機，劉粹剛的飛機速度較慢，日機咬住他的機尾，不斷射擊，他沉著冷靜，在空中翻滾，畫了兩個倒「8」字，日機超在他前面，一陣機槍聲，日機拖著濃濃的黑煙，一個倒栽衝，撞向地面，發出「轟」的一聲巨響，他豎起大拇指說：「劉粹剛的飛行技術沒話講！」談到我空軍空襲日本，他說：「徐煥昇的飛行技術頂呱呱，夜航，又是幾百公里的海上飛行，難以校正航向，能飛到目的地，確實不容易。」又一次，我跟他聊到三國演義，我說：「周瑜盜書。」，他立刻更正：「是蔣幹盜書！」

他沒想到，有朝一日他會在臺灣，這個陌生的海島渡過下半生；民國三十八年他乘坐飛機，從寶雞飛到海南島的三亞，再轉來臺灣，來到南臺灣的這個城市臺南。在這裡，他看到空軍使用沒有螺旋槳的噴射機，這種飛機速度之快是以前未曾想過的；二十世紀，人類

的社會像高速行駛的車子，由傳統社會到西式的工業社
會，他在這個速度上，看著這個世界的轉變。

　　他想不到，兩岸隔離四十多年後，他有機會再到上
海，那是他年輕時生活的地方，有太多年輕時的回憶。
他告訴我，他一個人去上海多次，我問：「有沒有困
難？」他答道：「跟著走就是了，沒有困難。」

　　趙伯伯與爸爸都在臺南機場工作，趙伯伯擔任飛機
修護工作，爸爸是空勤軍官，當時我住在崇誨新村，即
現在的崇誨國宅，我在衛國街教會做禮拜，那時衛國街
教會剛成立，是南門教會國語部閻靜平牧師向教友募款
設立的，趙伯伯與南門教會國語部的閻靜平牧師常去衛
國街教會；後來我搬到水交社，自然就到南門教會做禮
拜，在南門教會又碰到趙伯伯，所以我與趙伯伯的關係
從爸爸開始，算是世交。

　　餐會後，走到餐廳門口，每人都拿到一張趙伯伯的
自畫像，自畫像的右上方的那一行字「一百歲了！」，
這個驚嘆號，驚嘆人生的無常多變，驚嘆人生瑰麗燦爛
的景色；這個驚嘆號，組成他的一百個年頭。

一位戰鬥機飛行員的回憶

在葉富根家客廳的一張橢圓形桌子上，擺放一張六百字方格稿紙，寫著：「身為中國空軍，第一要件就是交出生命。」

他是廣東客家人，高中快畢業時，可以聽到日本人的砲聲，為了把日本人趕走，他投筆從戎，進入昆明空軍官校。當時空軍官校已從筧橋遷到杭州。我想不到水交社還住有客家人。

當時東南沿海都被日本人占領，制空權掌握在日本人手中，空軍無法進行飛行訓練，同時美國的《租借法案》同意我國空軍官校學生到美國接受飛行訓練。此時，空軍官校在印度臘河設立分校，空軍官校學生在昆明接受入伍訓練後，乘坐運輸機經過駝峰航線到印度臘河，當時的運輸機沒有空調與隔音設備，這些學生坐在運輸機地板上，耳朵塞著棉花，經過幾個小時到達印度臘河。在印度臘河使用 PT-17 雙翼機進行初級飛行訓練，他自豪是第一個放單飛的，讓他對飛行有信心。

之後，乘坐美軍運輸艦到美國，他在美國亞利桑那州鳳凰城（Phoenix）的鹿克機場（Luck Air Field）接受高級飛行訓練，他說：「AT-6 帶飛兩小時後，就單

飛 P-51D，落地後，全場響起如雷的掌聲，令我終身難忘。」

兩年後回國，他分發到空軍第四大隊第二十四中隊，駐防北平南苑機場。許多年後，他與我談及此點，他感到無比的光榮，他說：「四大隊是中國的皇家空軍，我們負責首都的護衛工作。」二次大戰剛結束，部份日本軍隊拒絕接受天皇投降的命令，仍然抵抗。他曾駕 P-51D 飛越黑森林，追擊日本飛機，追到鴨綠江。

他說，在北平，他從高壓電下面飛過；在天津，他鑽過橋墩；許多年後，他談及此點，仍洋洋自得。

在北平南苑機場，有一次，他隨副中隊長出擊山西機場外圍，天氣突然變壞，副中隊長立刻依照地形返航。此時，他的飛機故障，發動機停車，他立刻報告副中隊長，並將飛機爬升到雲層上，發現是油路系統右油箱防逆瓣故障。大家認為，烏雲密佈，機場與山區的天氣都不好，葉富根的飛機故障，發動機停車，他完蛋了。他利用美軍「BEAN」象限電臺，即無聲帶儀器飛行臺，與塔臺聯絡，避開山區，遵循穿降步驟，向天津盲目穿降，直到天津外海，天津天氣很好，他目視平津鐵路返回機場，安全落地。

有一次，飛機修好後，他試飛，在機場上空五千呎

左右，飛機不斷放砲又停車，顯然飛機未修好。地面人員聽到空中不斷傳來引擎的重擊聲，嚇得目瞪口呆。他落地後，被大隊長叫去，問道：「葉富根，你在天上幹什麼？」他答道：「在找飛機停車故障的確實原因，若有問題，我可以在本場上空任何方位急速落地或短場失速落地。」

駐防瀋陽北陵機場時，冬天下大雪，軍民同心協力，清掃跑道積雪，雪一直不停的下，大家一直不停的清掃，在厚厚的積雪中，清掃出一條跑道，使在棚廠加溫的飛機，能直接進入跑道，起飛落地，輪番出擊，挫敗共軍的冬季攻擊。

林彪部隊包圍石家莊，迫使附近居民徒手前進，並喊：「我們是自己人，不要開槍，請打開城門，讓我們進去。」共軍在後面用槍迫使民眾前進。他擔任小隊長長機，從後面空中掃射共軍，他瞥見遠處公路上有一輛吉普車，他掉轉機頭，朝吉普車飛去，並開槍掃射，車上人員跳車躲入路旁水溝中，吉普車起火燃燒，後來得知，那輛吉普車是林彪的坐車，林彪不在車上。內戰使民眾死傷慘重，他在自傳草稿中寫道：「我要問，人民何罪？為什麼？！為什麼？！」

民國三十七年，他飛 P-51D 來到嘉義。有一次，他接到命令前往溫州進行威力掃蕩，使用的是 P-51D。此

時，他已從四大隊調到一大隊，駐防臺南，並在水交社分配到房舍。他擔任副中隊長，召集二號機周林峰、三號機羅化平、四號機張復，共同研究。他們以一萬五千呎的高度飛往溫州，到達目的地後，戰管告知敵機已升空，他們等了好久，不見敵機蹤影，此時油量不多，無法久留而返航，他們不願降落在其它機場，而將高度升到兩萬五千呎，到達本島上空，變換戰鬥隊形為密集隊形，以手勢同時關車，用高度爭取時間，減少耗油，向臺南機場飄降，到達嘉義時，高度為一萬呎，他們同時開車，順利降落臺南，存油量已不多。

F-84G 噴射戰鬥機為我空軍開啟噴射機的時代。1953 年，一大隊由臺中水滴空軍基地調到臺南空軍基地，準備接收 F-84G，一大隊的任務也由轟炸改為戰鬥。蔣介石總統點名六位飛行員作種子教官，其中一位是葉富根。多年後，談到這點，他感覺到很榮幸。

各戰鬥大隊撥調人員接受 F-84G 噴射戰鬥機訓練，再由美軍顧問人員挑選。美軍的每項進度都採取競賽淘汰制度。炸射訓練時，各飛機子彈的顏色不同，以防作假。葉伯伯說：「空靶射擊後，美軍高手打中五十四發，我打中一百七十八發，若以百分比計算，我的分數應更高，因為大家都打四個航線，我還有許多子彈未打完，我贏得很光榮。」

　　種子教官需負責訓練各大隊調來第一大隊的人員，一中隊需負責訓練各大隊派來的種子教官，以便他們返隊訓練該隊人員。一中隊中隊長為周石麟中校，他的責任繁重，除了擔任種子教官的訓練工作，又是特技飛行小組的領隊。蔣總統校閱時，特技小組作特技表演，向蔣總統致敬。

　　特技飛行小組以一中隊為主，三及九中隊為輔，周石麟調職後，由羅化平繼任。他們在飛行訓練或沿海偵巡任務結束後，在油料許可範圍內，利用機場北端鹽田地區作特技飛行訓練。這個特技飛行小組以後發展成雷虎小組。

　　葉伯伯説：「一大隊換裝 F-84G 結束後，蔣總統校閱大編隊時，領隊大隊長的飛機故障，暫由我副領隊擔任長機，我飛在第一編隊第一架，帶領全大隊共三十六架 F-84G，通過機場，向蔣總統致敬後，安全落地。」

　　這段中美聯合作戰期間，留給葉伯伯不少的回憶，他説：「美軍使用 F-86F 軍刀機，我們在空中相遇，會互相假想對方為敵機，展開戰鬥訓練，咬到對方尾巴時，用照相槍拍攝，視同擊落。我曾咬過一位美軍顧問的尾巴，落地後，在餐廳聚餐，對方記下我的機號，來找我，我才知道那位美軍顧問是美軍副分隊長。」

　　我看著方格稿紙的一頁上寫著：「我喜歡飛行，我喜歡空軍，投効空軍，是我一生無悔的選擇，若重來，我會毫不猶豫的選擇空軍。」這位年逾九旬，滿頭白髮的前戰鬥機飛行員，談起他的飛行生涯，聲音宏亮，精神奕奕，飛行帶給他榮譽，是他引以為傲的事，他不禁哼起《義勇軍進行曲》：「起來！不願做奴隸的人們，用我們的血，築成我們新的長城，⋯⋯」，他說這是抗戰歌曲，走過抗戰歲月的人都唱過，激昂的歌聲在客廳迴盪，我看著桌上的稿紙上寫著：「身為中國空軍，第一要件就是交出生命。」彷彿重拾他當年進入空軍官校的豪邁之情。

年輕的葉富根穿著飛行衣。

飛 F-84G 時的葉富根。

年逾九旬的葉富根在他家客廳暢談他的飛行生涯。

一位醫師空勤人員

那天晚上剛吃完飯不久，電話響起，爸爸拿起聽筒，說：「我馬上來。」爸掛上電話，說：「我去姚太太家。」立刻開門出去。十點多爸爸才回來，說：「姚允中過世了。」

心目中的姚伯伯是仁慈和藹的長者，他的脾氣好，始終和顏悅色的與人相處。他與李興亞、張維禎都是臺南空軍醫院的醫師，姚伯伯住在空軍醫院後面的日本式房舍、我有幾次騎腳踏車到安平臺南空軍醫院他家。他退休後，有機會頂下臺南空小後門，雷虎小組許大木的房子，才搬到水交社，他家隔一兩間房子，就是李興亞家。

姚伯伯從臺南空軍醫院退休後，到逢甲醫院當醫師，當時逢甲醫院在逢甲路，即現在的西門路一段。妻快生產時，姚伯伯開車來我家，帶妻到逢甲醫院生產，媽媽說：「第一次看到婦產科醫師到家裡，接產婦去醫院生產。」

姚伯伯從未提過他的過去。他醫學系畢業後，為了把日本人趕走，參加空軍；空軍裡，棄醫從軍有先例可循。山東齊魯大學醫科學生樂以琴以「國難當頭」為由，放棄學業，進入中央航校，在南京空戰中殉職。

　　姚伯伯加入空軍後，派到美國接受航炸訓練，回國後，在一聯隊 B-25 密契爾式中程轟炸機上擔任航炸員，來臺灣後，駐防在臺中水湳機場，此時，美國停止生產 B-25 密契爾式中程轟炸機，我們的飛機難以補充零件，於是一聯隊調到臺南接收 F-84 噴射戰鬥機，一聯隊的性質從轟炸機聯隊改為戰鬥機聯隊。姚伯伯利用這個機會轉回醫師這個行業，從此他脫下飛行服裝，穿上白色醫師服，起先在一聯隊擔任航空醫官，以後到臺南空軍醫院擔任醫官。

　　姚伯伯從未提起此事，似乎，他目前是醫師，就專心在醫師的行業；國家有難，他棄醫從軍，已盡到國民的責任，過去的已過去，不必再提，他向前看，善盡自己的責任。

瘦高個子的醫師

　　李興亞醫師，瘦瘦高高的個子，住在志開國小北側圍牆旁的一條小巷道。他軍醫學校畢業後，在空軍醫院擔任醫官，是南寧街天主堂教友。軍醫學校後來發展成國防醫學院。他在空軍醫院擔任醫官時，一位同事，北平協和醫學院畢業的張維禎，成為他日後的創業伙伴。張維禎是媽媽姑姑林巧稚北平協和醫學院的同班同學，因為這個緣故，再加上我們兩家在水交社住得不遠，所以有往來。

　　1952 年 1 月，在江西服務的美國遣使會（Congregation of Priests of the Mission）華克施（Leo T. Fox）神父來到臺南，經過一番波折，在南寧街設立天主堂。遣使會的宗旨是濟貧與醫療服務，關懷窮人與老人，華克施神父不是醫師，但他具備簡單的醫學知識，他運用這些知識幫助人，李興亞醫師協助華神父，參與南寧街天主堂的醫療服務工作。1963 年，華克施神父心臟病過世。

　　1967 年，李興亞醫師從臺南空軍醫院退休，他的退休為他開啟第二春，是他人生的另一個高峰。李興亞醫師有機會與出身警界的陳其楚先生認識，二人與本市知名人士三十九人集資，在逢甲路興建一所綜合醫院，於 1968 年 1 月開幕，醫院位於逢甲路的一條巷子，醫

院以這條路命名為逢甲醫院，這條路及附近的巷弄多次更名，現在是西門路一段。華克施神父的醫療團隊與醫療器具是逢甲醫院建院的基礎。李興亞醫師感念與華克施神父一起從事醫療服務的日子，他以華神父的英文姓氏做這家醫院的英文名稱「Father Fox Memorial Hospital」，這家醫院病床有六十六張床，設有內科、外科、婦產科、小兒科、牙科、耳鼻喉科等六科，當時是臺南市首屈一指的綜合醫院，由陳其楚先生擔任董事長，李興亞出任院長，並聘請臺南空軍醫院同事張維禎與姚允中來院擔任兼任醫師，二人從臺南空軍醫院退休後，成為專任醫師；天主教馬克斐修女出任首任護理部主任，部份修女及教友也來醫院幫忙，這家私人醫院有濃郁的宗教精神，不以營利為目的，是很特殊的一家私人綜合醫院。姚允中原本住在安平臺南空軍醫院的日本式宿舍，後來有機會頂下雷虎小組許大木的房舍，許大木的房舍是新建的紅磚水泥房子，呈長方形，位於空軍子弟學校後門，原本是空軍子弟學校停車場，姚允中因而搬到水交社，與李興亞住同一條巷子，兩家相隔一棟房舍。

1986 年 12 月 2 日，李興亞院長過世，張維禎繼任院長。一天下午，我和媽媽來到南寧街天主堂，參加李興亞院長的追思彌撒，這是我第一次來到南寧街天主堂。李興亞醫師瘦瘦高高的身影從這個世界消失了，他創辦的逢甲醫院在良好與穩健的基礎上發展；1987 年，逢甲醫院遷到臺南縣永康現址，床位擴增為兩百九十

張床，由於財務問題，由許文龍的奇美集團接管；1992
年更名為奇美醫院，連英文名稱也改掉；2000 年升格
為醫學中心，床位數超過一千張床：目前為臺南地區著
名與令人尊重的醫院，也是他為這個社會留下最珍貴的
遺產。

逢甲醫院出生證明，英文院名
為「華克斯神父紀念醫院」。

逢甲醫院住院收費單上的英文院名為「華克斯神父紀念醫院」，院長為李興亞。

（眷村，第 4 期，2021.10.）

銹蝕的光輝歲月 　　　　　　　　　【短篇小說】

在空軍裡，提起袁禮顯這個名字，很多人都知道，他是個小有名氣的人物。他手握駕駛桿，從一二八淞滬之役飛到對日抗戰勝利，他擊落過多架日本飛機，這些輝煌的戰果擦亮他耀眼的人生。

一九三七年八月二十五日，上海郊區上空，一群飛機在纏鬥著，沉重的引擎聲在空中迴盪著，這些飛機有機身顏色較深的雙翼機與機身白色的單翼機，雙翼機是我國空軍的霍克三，單翼機是日本海軍航空隊的九六式戰鬥機。雙翼機的速度慢，爬升吃力，不若單翼機靈活，因此戰鬥得非常吃力。袁禮顯瞥見李桂丹隊長的雙翼機被一架單翼機緊緊咬住尾巴，無法擺脫，他抓住機會，猛推駕駛桿，左腳蹬舵，飛機倏地向左俯衝，一個翻滾，正在那架單翼機後方，他按下機槍電鈕，機槍吐出幾道火蛇，單翼機冒著黑煙，拖著火燄，向下俯衝，此時，他聽到後面響起一連串的槍聲，飛機激烈的震動著，座艙裡滿是煙霧，他發現飛機難以控制，他知道飛機中彈了，同時，他感到全身疼痛，臉上有東西流下來，嘴角有黏黏的液體，他知道他受傷了，他吃力的揹起保險傘，爬出座艙，縱身下跳。保險傘在空中張開，緩緩下降，他吃力的睜開疼痛的眼睛，看到日本飛機向他飛來，並向他射擊，他機警的垂下頭，雙手下垂，保持不動的姿態，此時，他發現正飄浮在日軍佔領區上空，

不久，他感到腳底震動，知道著地了，他一動不動的，靜靜的躺在地上，讓保險傘攤在地上，閉起眼睛裝死，這是他目前唯一能做的事。

一位日本軍人走過來，看到他滿臉是血躺在地上，一動不動，認為這個人已死，還不放心的朝他開了兩槍。他躺在地上，迷迷糊糊的，也不知過了多久，覺得四周靜悄悄的，於是，他勉強睜開眼睛，看到四下無人，他趕緊吃力的解開保險傘帶，發現一隻腳不聽使喚，他拖著這隻腳，連走帶爬的爬到路旁，他沒有力氣再走，於是倒在路旁。

一段時間後，他迷迷糊糊的聽到有人的聲音，他吃力的睜開眼睛，看到三位農民站在旁邊迷惑的看著他，他告訴他們飛機被擊落，身受重傷，無法走路，其中一位農民揹起他，在其他兩位協助下，把他帶到農舍，他們設法找來一輛車子，送他到附近城裡的醫院。

袁禮顯知道，我們的飛機不如人家，速度沒有人家快，機槍射程沒有人家遠，我們打不到人家，人家卻打得到我們，我們只能靠技術取勝，所以他一向嚴格的要求自己，從不斷演練中鍛鍊戰技。

在武漢上空，他駕著蘇聯的 E-16 單翼機，與蘇聯空軍一起對日本作戰。他看到整個天空都是飛機在翻滾

著，E-16 的速度是快了些，已拉近與日本飛機在性能上的差距。幾架日機在他面前拖著黑煙下墜，他猛轉頭，看到陳懷民的飛機拖著黑煙，猛撞向一架日機，轟然一陣聲響，兩架飛機夾著黑煙，掉落在長江滾滾的流水中，不禁讓他想到這個江蘇人所說的「每次起飛，我都視為是最後的飛行，與日本人作戰，我從來沒想活著回來！」

在昆明，他駕著美製 P-40 戰鬥機，與美國陸軍航空隊一起對日本作戰。他看到一位美軍中隊長陷入日本零式戰鬥機的包圍圈中，他一推機頭，適時俯衝下來，按下電鈕，擊落一架零式戰鬥機，並衝散其它零式戰鬥機，為這位中隊長解圍。美國國慶時，他接到美軍基地的請柬，請他到美軍基地參加國慶慶祝會，在慶祝會中，他受到表揚，第二天報紙上斗大的標題寫著「我空軍袁禮顯上尉受邀參加美國國慶慶祝會，並接受表揚」。那是他的黃金歲月。

在臺灣海峽上空，他駕著 F-86 軍刀機迎戰米格十七戰鬥機。雙方都是噴射機，他看到空中有兩條凝結尾，難以分辨敵我，於是機智的用無線電呼叫：「聽到我聲音的向右轉！」一條凝結尾立刻向右轉，他知道這是我方飛機，他蹬舵，調整機頭朝向未轉彎的凝結尾，按下電鈕，一枚響尾蛇飛彈夾著白煙飛過去，很快的，目標成為一團火焰，帶著濃濃的黑煙，掉進臺灣海峽，激起

一道高高的水柱。

　　基地年度檢閱，他穿著天藍色的軍服，站在將官車上，緩緩駛過一排銀白色的 F-86 軍刀機，軍刀機前站著穿橘紅色飛行服的飛行軍官，向他行舉手禮致敬，目送著車子離去。他的軍服肩上掛著銅黃色，兩粗兩細的中將軍階，在南臺灣豔陽高照下，銅黃色的軍階映射出耀眼的光芒，也映射出他事業的成就，那是他多少次長空奮戰的成果，他的空軍生涯亮麗得耀眼，是他的高傲。

　　時間的推移，他終於脫下了軍服。將軍的月退俸讓他的生活無後顧之憂，同時也讓他感到有嚴重的失落感，光輝歲月的光澤逐漸黯淡下來。

　　他不習慣沒有空軍與飛機的生活，他感到生活失去重心，沒有價值，他成為社會的邊緣人，這一切來得那末突然，令他措手不及。

　　他足不出戶，一天到晚待在家裡。一位同學對他說：「整天待在家裡不好，傍晚時不妨到村裡的大榕樹下坐坐，那裡有一堆人呢！」

　　他回答：「我是飛行的，又是將官，他們都是地勤的！」

　　往日光輝歲月的光芒太耀眼，令他難以睜開眼睛。他不時地翻閱相簿，看看剪報以及這些勳章，這些帶給他生命光環的東西，突然間都變成了過往雲煙，但是，勳章閃耀的光芒仍是那麼的耀眼。

　　他不主動與同學、同事以及朋友來往，他的生活圈子愈來愈小，他的社會網絡愈來愈窄，最後退縮到家裡的圍牆內，他愈來愈孤獨，於是，夫妻間拌嘴的頻率愈來愈高。袁太太是個平易近人的人，常常在村子裡走動，村子裡的活動少不了她，似乎村裡的每個人都是她的朋友，都可以跟她哈啦幾句。她感覺到，自從老爺退了之後，家裡的氣氛愈來愈彆扭。

　　現實的生活是，他是個退休人員，他是個平民百姓，這個身份令他感到陌生，他不知要如何扮演這個角色。他想重拾扮演大半輩子的軍人角色，但，時不予我。

　　在家鄉，他居住在小小的縣城，家裡有田，但，家鄉在海峽的對岸，他不可能回到家鄉。臺灣對他而言是個陌生的地方。在航校畢業前，他不曾聽過這個地名。現在，雖然在這裡待了將近三十年，但都在空軍裡，軍隊與社會又有相當的隔閡。他不曾在這個社會生活過，這個社會對他而言是陌生的，他不瞭解這個社會，也沒有這個社會的人脈，他不知要如何在這裡過老百姓的生活。

　　他念念不忘的是空軍基地。於是，他拿起電話，告訴聯隊長想回去看看，電話那邊傳來聯隊長熱烈的歡迎聲：「歡迎！歡迎！難得！難得！請告知時間，我派人到營門口迎接您。」

　　他想「空軍真溫馨！」他開著車子到達已一段時間沒看到的熟悉的基地大門口，一位穿著天藍色空軍軍服的軍官已等在那兒，看到他的車子，立刻上前，舉手行個標準的軍禮，喊一聲：「長官好！」帶他進入營區。他曾在這裡當過聯隊長，這裡的環境是那麼的眼熟，他的眼眶濕了。

　　聯隊長滿臉笑容的說道：「這是您的家，歡迎回家！您想要去哪邊走走？」

　　他毫不猶豫的答道：「塔臺！」

　　在塔臺裡，他看到遠處的停機坪，一隊噴射戰鬥機正在暖車，引擎發出隆隆的怒吼聲，然後陸續從停機坪進入滑行道，再從滑行道轉到跑道，在跑道頭停一會兒，引擎的怒吼聲愈來愈大，最後加速滑行，機頭上仰，前輪離地。

　　他指著稍前的一架說：「他飛得不錯！後面的差，是誰的？」

聯隊長滿臉笑容的答道：「是剛畢業的，才來不久，還是個新手。」

他說：「喔！難怪，需要再加強訓練！」

在他眼前經過的飛機，機背隆起，機頭尖尖的夾著一根空速管，進氣口在兩側機翼的前方，機型有點陌生，隆隆的引擎聲也不是他所熟悉的，然而，這個場景將他拉回到那段遙遠的黃金歲月。

他全身共有三四十處疤痕，那是對日空戰的疤痕，每個疤痕都訴說一段空戰史，他捲起袖子，拉開上衣，一一道來，聯隊長等人在旁邊聽他現身訴說這段他們未曾經歷過的歷史。

「啊！空軍！」他心頭悸動著，這是他童年矢志的事業，他半輩子都奉獻給這個軍種，他生命的光環是空軍襯托出來的，是他的光榮，是他的驕傲。他坐在客廳裡，望著空盪盪的家，妻子與兒女都遠赴美國，久久才有一通電話，聯隊長的熱情令他感動，他心想：「還是空軍有溫暖！」

於是，他每個月都會找個機會回到隊上，他設法利用這個機會拾回已流失的往日情景，但是，在他眼前出

現的都是一張張年輕陌生的面孔，熟悉的面孔都看不到了。黃金歲月失去了光澤。

他已很久沒有翻閱相簿，看剪報以及勳章，他要的是真實的，而不是這些具代表性的物件，但，真實的要去哪裡尋找？它們已淹沒在時間的洪流中，已沉澱在時間河底的深處。現在，他真實的身份是普通老百姓，那是沒有光環的身份，但，過去那段光輝歲月太耀眼了，閃耀得令他睜不開眼睛，看不清目前他真正的身份。

一九八七年八月二十五日上午，我覺得村子裡與以往不同，有一些騷動，許多人都往同一個方向走，後來才知道袁將軍在自家客廳上吊身亡。早上住在袁將軍隔壁的陳先生，曾是他的同事，經過他家門口時，無意中轉個頭，從大門上方看到客廳裡懸吊個東西，覺得怪怪的，他趴到門上仔細一看，是個人，心裡感到不對勁，於是找里長前來合力將大門打開，發現袁將軍穿著睡衣，頭上纏繞著從客廳天花板拉下的繩子，自殺身亡。

第二天報紙地方新聞的一角刊登著一小行字：「XX街一位年逾九旬老人於自宅厭世自殺。」

夕陽下的竹籬笆　　　　　【短篇小説】

　　白色的救護車拉著警笛，「嗚，嗚……」的飛馳著，車頂上的紅燈不斷的轉動，村子裡那塊寫著「筧橋」兩字的斑駁木板，迅速的被拋在車後。

　　天空傳來隆隆刺耳的機聲，老人抬頭看了看，又低下頭，機身寬大臃腫，放著起落架，低空掠過村子上空，作著進場前的俯衝。空軍基地正進行第二代戰機的換裝訓練。這些聲音，這些影子，是多麼的陌生！

　　救護車的聲音由遠而近，老人打開紅色的木頭門，自言自語道，「來了！來了！」他直挺著脊樑站在門口，滿頭白髮映照在夕陽下。

　　救護車在門口停住，警笛聲戛然而止，兩位工作人員走下車，打開後車門，抬出擔架，進入屋內。客廳牆壁上掛著幾張泛黃的舊相片，其中一張是個俏俊的面孔，頭帶大盤帽，帽上嵌著國徽，國徽兩旁各有一隻向上卷曲的翅膀，身穿筆挺的軍裝，兩邊衣領上各有一個螺旋槳徽章；另外一張的背景是一架螺旋槳飛機，前面站著一位年輕人，頭帶著皮帽，帽緣上有一副護目鏡，身穿寬大有四個大口袋的飛行裝，一副豪爽瀟灑的樣子。

　　工作人員抬著擔架穿過客廳進入臥室，床上躺著一位頭髮斑白稀疏的老人，臉上有不少黑色的老人斑，老人的雙手一直在抖顫著，工作人員放下擔架，將老人從床上移至擔架上，而後迅速抬起擔架，離開房間。

　　老人看著擔架抬上救護車，救護車起動，響起警笛。老人站在門口，看著逐漸遠去的救護車，驀然地，六十年前的景象浮現在眼前。

　　那是對日抗戰最艱苦的時候，那天他出了整天的任務，傍晚，他坐在草地上，正想可以輕鬆一下，遠處出現一個黑點，沉重的引擎聲由遠而近，整個基地緊張起來，一段短時間的騷動後，大家看到這架飛機拖著濃濃的黑煙，高度不斷降低，顯然這是我方的飛機，它受傷不輕。飛機一觸地，起落架立刻折斷，機身傾向一邊，機腹在地上拖行一段距離，揚起一片黃沙，他和許多人一樣奔向飛機，在濃煙中，他看到駕駛員趴在駕駛座上，大家合力敲破座艙，將駕駛員抬出，他看到老同學躺在擔架上，滿臉血跡，面孔被燻得黝黑，雙眼緊閉，飛行衣上有好幾個地方被撕裂，染著鮮紅的血，他協助將擔架抬上救護車，看著救護車駛離，他喃喃自語的說，「他會不會回來？」

　　他們是官校的同學，畢業後分發在同一個大隊，他們出生入死，飛遍烽火遍地的中國，來到臺灣後住在同一個村子，住處隔著一條巷子。從同學、戰友、鄰居，從青年、壯年到老年，五六十年的交情非比尋常，前幾年老同學的妻子過世後，便一個人獨處，去年中風過一次，心臟又不好，他已有好幾天沒有看到這位同學，傍晚時特別過來看看，沒想到大門虛掩著，他推開門，裡面靜悄悄的，他拉開客廳的門，進入客廳，看到老同學昏迷倒在沙發椅上，他將老同學抱起放在床上，趕緊打一一九叫救護車。

　　空中的機聲不斷，一架架噴射戰鬥機正在降落。以前從村子上空掠過的是螺旋槳飛機，後來變成噴射機，以前他聽到引擎聲就知道是那一型的飛機，現在的引擎聲是如此的陌生，他曾駕飛機從村子上空掠過多次，後來脫下軍裝退役，以前村子裡常見到天藍色的軍服，現在大家已脫下軍服退休了，村子裡已看不到天藍色的身影，左鄰右舍的鄰居都是白髮蒼蒼，步履蹣跚的老人，轉眼間，他住在村子裡已近半個世紀。

　　他直挺著脊樑站在門口，喃喃自語的說，「他會不會回來？」夕陽的餘輝映照著他滿頭的白髮，也映照著這個走過半個世紀的眷村。

（臺灣時報副刊　90.5.19）

在座艙中

人的決定受到環境的影響，並非經濟學大師亞當斯密所說的「理性人」的理性抉擇，尤其在戰亂中，個人的選擇空間有限。

在 PT-17 雙翼教練機敞開的座艙中，白雲在天空飄浮，好像一群綿羊在草原走動，這是個晴空萬里，適合飛行的天氣，發動機規律的轉動著，飛機平穩的飛行，鄭凱飛下望機翼下黃沙滾滾，這是亞利桑那州沙漠，這一年他經歷了有生以來最大的變化。日本人在中國掀起遍地烽火，改變許多人的命運，他們走向未曾想過的軍旅生涯。

一年前鄭凱飛穿著粗布服裝以及布鞋，坐在之江大學木造課室裡聽課，日本人的炮聲，迫使學校西撤，他面臨一項抉擇，回家或跟學校，回家就待在家裡，跟學校有與外界接觸的機會，會走出一條路子，於是他選擇學校一起西撤，成為流亡學生，他與其他教職員和學生穿著布鞋，走過一個又一個城鎮，一片又一片田野，吃的是國家配給數量有限的蕃薯稀飯，國家在戰亂中，能夠這樣照顧他們已不錯了。碰巧遇到航空委員會招考航空生，他跟著同學報考，經過嚴格的空勤體檢後，他過關了，大多數同學未過關，他再度面臨抉擇「救國還是讀書」，他對空軍與飛行沒有興趣，還是當學生好，他未去報到，航空委員會兩次派人找他，對方說：「這次

之江大學有兩個人過關，你是其中一個，機會難得。」
鄭凱飛想，這樣的日子下去，看不到前景，也不是辦法
，只有把日本人趕走，才有前景，現在他有把日本人趕
走的機會，考慮再三，把日本人趕走最重要，於是他到
昆明空軍官校報到。此時，沿海各省已被日本占領，中
央航空學校從杭州筧橋遷到雲南昆明，更名為空軍官
校。在昆明，他穿著軍服，扛著步槍，排著隊，踏著整
齊的步伐，唱著軍歌，走過一個小山坡，接受入伍訓練
。晚上，大家圍著蠟燭，唱《義勇軍進行曲》：「起來！
不願做奴隸的人們，用我們的血，築成我們新的長城，
……」《抗敵歌》：「中國錦繡江山誰是主人翁？我們
四萬萬同胞！……」，慷慨激昂的歌聲，唱出他們的心
聲，有人拿著毛筆在紙上寫著：「身為中國空軍，就要
把生命交出來！」好像進入官校，就簽下生死狀。

　　入伍訓練結束後，他們坐 C-46 運輸機，他們在飛
機上席地而坐，耳朵塞著棉花，在震耳欲聾的機聲與寒
冷中，歷經幾個小時，飛越喜馬拉雅山到達印度。這是
他第一次看到這麼大的飛機，他第一次坐飛機，第一次
到外國，一切是那麼的新鮮。

　　中國的半壁江山被日本佔領，中國的制空權掌握在
日本手中，中國沒有訓練飛行員的空域，於是，空軍官
校遷到印度，在印度臘河成立分校，這個地方現在是巴
基斯坦。令他印象深刻的是，印度的牛受到尊重，在街
上，牛大搖大擺的逛街，人車都要讓路。美國教官帶飛

PT-17，這是初級飛行訓練，他第一次坐在座艙中，學習手握駕駛桿、推油門和腳蹬舵，俯瞰機翼下異國陌生的大地。

美國通過《租借法案》協助盟國訓練空軍。印度初級飛行訓練結束後，搭乘美軍運輸艦到美國，他第一次看到這麼大的船，以及在茫無邊際的大海中航行。在美國南部的空軍基地，他看到各國在這裡受訓的空軍，他體認到美國國力之雄厚。每天他可以喝一瓶牛奶，吃一整塊牛排，餐廳是自助餐式，食物不斷從伙房裡出來，用餐時間結束，未吃的食物一律倒進垃圾桶，絕不隔餐再吃，這是「衛生第一」的觀念。他在國內未吃過這麼大片的肉，未見過將未吃的食物倒入垃圾桶。

軍事訓練是如此的規律，寢室、教室、餐廳、飛機場、起飛、落地，串聯起一天的生活，天天與各國空軍擦身而過，規律的生活讓人覺得時間靜止下來。地球另一端，他的國家被太陽旗揚起遍地烽火、硝煙瀰漫，離他太遠。這場戰爭帶給他在地球另一端如此規律的生活，他短暫的避開烽火與硝煙，但，只有兩年的時間。

在發動機規律的轉動聲中，飛行教官的聲音不斷在耳際響起，黃沙滾滾的大地在機翼下滑過，這一年的景象像照片，迅速在腦海中掠過，這一年好像開啟人生的一扇門，許多生平的「第一次」都發生在這一年，這一切的核心是《國家記憶》書中，一幀一群中國空軍官校

飛行生，圍繞在一架轟炸機前，下面一行字：「他們結訓回國後，將駕駛美國轟炸機對抗侵略他們國家的日本軍隊。」

　　他結訓時正好聽到日本投降的消息，烏黑的戰雲已散去，他們同學大肆慶祝一番。回國後，他認為他當空軍的目的已消失，他可以回到之江大學讀書，他開始打聽要如何離開空軍，卻沒有門路，這襲軍裝只好繼續穿下去，正是「人在江湖，身不由己」。軍隊經過軍閥割據與八年抗日，制度不完備，進入空軍，就遵循它的制度走，個人的選擇空間有限。有同學有機會離開空軍，但，「天不從人願」，你的命運似乎不掌握在你手中，共產黨沒有空軍，對他們而言，在美國受過訓的空軍飛行員是個「寶」，於是，共產黨找上門，他們面對共產黨沒有說「不」的自由，他們再度穿上天藍色的空軍軍服，成為解放軍空軍飛行員。中國解放軍空軍軍徽出自他同期同學李裕之手。昔日的同窗，現在分屬兩個不同的敵對陣營。

　　烏黑的戰雲未因日本投降而散去，他面臨的是一場內戰。透過座艙的玻璃蓋，下面是一片白色，螺旋槳飛機沒有壓力艙，雖然穿著厚厚內襯絨毛的飛行衣，仍然感到些許的寒意，東北的冬天之冷是居住在南方的人想不到的。

　　濟南機場機聲隆隆，蚊式機兩側機翼上的發動機槳

葉運轉均勻，他隨著大隊長陳衣凡起飛，他校正航路，前面出現一個小城鎮，這座城鎮被包圍，他打開炸彈艙，投下炸彈，拉桿，飛機爬升，他從座艙下望，城鎮裡有幾處冒出濃濃的黑煙，他知道有幾枚炸彈落到城裡，他調轉機頭返航，準備回去吃年夜飯，這是他今年最後一次任務，可是那些房子被炸的老百姓呢？有人不願意打內戰，不是沒有原因的，大家都願意打日本人，他們的軍隊不應該出現在我們的土地上，內戰呢？他們都是我們的同胞啊！

　　從東北保衛戰、徐蚌會戰、上海戰役，最後他來到臺灣，飛機降落在臺南，跑道上美軍轟炸的坑洞未修補，機堡裡停放著一些日本飛機，這些飛機多年未維修，他懷疑還能飛嗎？他跟上面的人到水交社看房子，那裡的房子都是日本海軍航空隊的木造房子，又舊又破爛，有的沒有門，有的沒有窗戶，顯然已多年沒人住，也沒有維護，上面告訴他，房子多，你挑一間好了，他想：很快就回去，有甚麼好挑的？於是他隨便挑了一間。後來，來的人太多，上面要求一棟日式房舍分隔給三戶人家居住，雖然如此，每戶都有一個大院子。沒想到，在這裡一住就住了大半輩子。

　　在座艙中，P-47巨大的引擎擋住半個視線，灰茫茫的天空，天氣不佳，航程遠在大陳島附近，鄭凱飛心中嘀咕：「我會不會碰上？」有人在那裏碰到沒有螺旋

槳的飛機，那種飛機翅膀向後傾斜，速度快，不容易看到；螺旋槳飛機擊落噴射戰鬥機有先例可循，二次大戰末期在歐洲戰場，有美國飛行員飛 P-51 螺旋槳戰鬥機擊落德國的 Me-262 噴射戰鬥機；田熙三的 P-47 與兩架 Mig-15 周旋之後，安全返回；毛節盛與溫鑄強的 P-47 各重傷一架 MiG-15；他想著田熙三的話：「那種飛機速度快，耗油量大，滯空時間有限，無法飛太低，碰到它們時，降低高度，繞小圓圈飛行，有機會擺脫他們。」但是，他一定要出這趟任務！

　　他有機會加入對大陸偵察的行列。在座艙中，他看著航圖，從山東半島進入大陸，前半段在海上飛行，這條路線他不陌生，他望著機艙外，夜幕下，下沉的夕陽露出小半個臉，散發出微弱的橘紅色光芒，儀錶板上綠色的亮光不斷閃動。他知道，有人進入大陸後，耳機裡傳來父親的聲音，請他不要做傷害祖國的事，在就近的機場降落，他想：他們一定事先有準備，否則，怎末知道飛行官的姓名、進去的時間與航路？他知道，有人擺脫對方的追擊，技巧地將飛機朝山壁飛行，之後迅速朝山坳中滑過去，追擊的飛機來不及反應，一頭撞到山壁。鄭凱飛心中嘀咕：「我會不會碰上？」時間無法讓他多想，他推油門，四具發動機轉動著，鬆煞車，這隻大鳥在夜色中，孤單的在跑道上向前滑行。他一定要出這趟任務！ B-17 是二次大戰轟炸德國的四引擎長程重轟炸機，利用它滯空時間長的特性，拆除防衛機槍，裝

上電子設備，夜晚超低空在大陸上空執行偵察任務，這就是電子戰，當然，當時沒有這個名稱。

　　鄭凱飛空軍官校畢業後，大半的空軍生涯都在座艙中渡過，終於他達到退除役制度規定的退伍年齡，於是脫下穿了三十五年的天藍色空軍軍服，這套天藍色空軍軍服從滿頭黑髮穿到兩鬢白髮，伴他走過人生的黃金歲月。

　　空軍官校留在大陸的畢業生成立北京航空聯誼會。八一四空戰六十年時，準備擴大慶祝，這是抗日空軍共同的回憶。空軍官校留在大陸的各期畢業生，負責邀請自己海外的同學，來北京參加慶祝會，他收到同學從北京寄來的邀請函。他接受邀請前往北京。

　　老同學盡地主之誼，盛情招待這些千里迢迢，由海外回來的同學，「同學是沒有血緣的親戚」，當初因緣際會地成為同學，尤其是軍校，過的是團體生活，大家一起上課、出操、吃飯、睡覺以及放假出去遊玩，這層關係一確定就是一輩子。老同學帶他到昆明巫家壩機場，當年他們入伍的地方，他們從這裡乘坐 C-46 運輸機到印度，相隔半個多世紀，這裡的景況與當年大不相同，他亟力尋找到當年的蛛絲馬跡，當年的身影浮現在腦海中。

　　鄭凱飛，當年滿頭黑髮，現在滿頭白髮，座艙生涯的往事迅速在眼前掠過，那隻看不見的手，在日本人的炮火下，將他推入天藍色軍服的行列，他走入一個未曾想過的行業，成為捍衛領空的一員，他數度想脫下軍服，卻沒有辦法，於是，這套軍服如此這般的穿了一輩子，他想：「我是這樣選擇人生的嗎？」人生由一連串的決策組成，能不受環境的影響嗎？

之江大學學生證

之江大學校門

自昆明出發，印度蠟河習飛……

空軍官校印度蠟河校區

空軍官校印度蠟河校區 PT-17 初級飛行訓練

空軍官校學生在美國接受轟炸機訓練，最下面一行字：他們結訓回國後，駕駛美製轟炸機出擊侵略他們國家的日本軍隊。資料來自：《國家記憶》。

斷了翼的鷹

　　走過碧潭吊橋，看到的都是高樓大廈，還有好幾家飯店，我轉過一座廟，一座藍頂白牆的牌樓映在眼前，白色橫樑上寫著「空軍烈士公墓」幾個字，我舉目四望，都是樓房，新店市區已擴張到這裡了。

　　一九五零年，空軍在新店碧潭南面的一座小山闢建空軍烈士公墓。不遠處山坡上有一個方形的洗石子石柱，洗石子石柱一側崁著一塊黑色的大理石，上面寫著「浩氣千秋」四個字，洗石子石柱上蹲踞著一隻老鷹，翅膀上揚，牠俯瞰這片綠地，綠地被縱橫交錯的墓道隔成一塊塊長方形，長方形中，是一排排塗著藍色小長方形水泥墓位，最後整片綠地都整齊排列著藍色的小長方形水泥墓位，他們是斷了翼的鷹。老鷹靜靜的看著這片墓地的變化，一條條黑白方塊縱橫的墓道取代原有的水泥墓道，塗著藍色的小長方形水泥墓位消失了，墓碑換成黑色大理石，重刻的碑文字跡工整，空軍烈士公墓整修後，呈現與以往不同的面貌。

　　王立楨，這位旅美航空工程師，我國頭號空軍迷，他的 e-mail 是 sabrejetli，我拿到他的 e-mail 時的確嚇了一跳，設定電子郵箱也忘不了軍刀機，我這個空軍迷與他比是小巫見大巫。三月份在岡山聚會時，他表示，

雙十節要在碧潭空軍公墓插國旗。我問他，是不是學美
國國殤紀念日，在每位軍人墓旁插國旗。在美國讀書
時，每年五月底的國殤紀念日，每位陣亡軍人墓旁都飄
揚著一面星條旗，表示國家對他們犧牲的肯定。他笑了
笑，點點頭。

如此這般，我來到多年未來的空軍烈士墓園。爸爸
在世時，每兩三年會特別從臺南到碧潭，手上捧著一大
束花，在每位同學和同事墓前放一枝花。我們分別在每
個墓位的右前方，插上青天白日滿地紅的國旗，不久，
天上飄著細雨，短暫的時間後，細雨停止，刮起強風，
一千多面國旗被強風吹得直直的，在中飄盪，發出「劈
啪！劈啪！」的聲響。蹲踞在洗石子石柱上的展翅的老
鷹，看到碧綠的草坪上，橫的直的整齊的排列著一千多
面國旗。飄揚的青天白日滿地紅的國旗，肯定這些斷了
翼的鷹的行為。青天白日旗、綠色的草坪與墓位，我寫
下這首詩：

插！我們在草坪上插上青天白日旗，
　　表達我們對烈士們的景仰與懷念，
　　表達我們對烈士們犧牲的敬意。

看！青天白日旗在草坪上飄揚，
　　在這面旗幟下，他們鬥志高昂的架著戰機，飛向敵
陣，
　　他們流盡最後一滴血，獻上生命。

聽！青天白日旗在風中發出劈啪聲，
　　回應著「長空萬里，復我舊河山」的歌聲，
　　回應著「凌雲御風去，報國把志伸」的歌聲。

這座墓旁插了國旗，我站在墓前，光滑的黑色大理石墓碑映出我的人影，影子與大理石墓碑，將我拉回近半個世紀前，臺南水交社的一段生活景象。

臺南水交社有兩家姓羅的都與我們的交情不錯，為了區別，一位是羅思聖，官校八期，飛 B-25，轟炸過黃河鐵橋，我們稱他太太為羅媽媽，羅媽媽的廚藝很好，每次做義大利肉醬麵、紅燒獅子頭、大滷麵等，都會分一盤給我們；另一位是羅恩廣，北平燕京大學畢業，官校廿四期，他太太較年輕，瘦瘦高高的，本名是陳倩，我們叫小羅媽媽，很快覺得這樣叫不好，於是我們改口叫小阿姨。

一個星期有三、四天晚上，七點過一點，小阿姨會來我們家，坐在陽臺上與爸爸聊天，直到十一點過一點才走，爸爸很少開口，他一根煙接著一根煙的抽，小阿姨走後，煙灰缸塞滿了煙屁股。爸爸從來不說談話的內容，但我知道，那是有的沒的話題，純粹是解悶；爸爸一向沒有耐性，這個時候他特別有耐性。或許同是空軍飛行員，碰到這種情況，將心比心，他能靜靜地聽對方

傾訴。媽媽在一旁說了兩句話：「幸虧你父親不再飛行，否則，我們家就像羅家一樣。」第二句話：「以後我們家不要有人再飛行。」

那是蝙蝠中隊後期的「南星計畫」，這個部隊的任務逐漸轉向越南。空軍總部情報署訓練三組機組人員，羅恩廣是空軍總部情報署參謀官，負責這次訓練最後的考核工作，之後撰寫報告呈送空軍總部結案。他必需上飛機，實地考核這三組機組人員的訓練情況，飛機從屏東機場起飛，一切情況都在掌控中，考核結束，從海上進入屏東返場時，誤判進口點，以致偏離航道，撞在大武山，機上十幾位人員全報銷，空軍花了這麼多經費與時間訓練這些人，卻無法用這些人，空軍損失慘重。這條航路是大家熟悉的，他們在屏東機場起降多少次，都沒有問題，偏偏這一次出問題，領航官需要測定風速、風向、溫度等，以決定飛行的高度、航向、航路等，飛行官需依據領航官的決定飛行，有人認為是主領航官的失誤，有人認為是飛行官的失誤，事實是，飛機已墜機，人已向上帝報到。

在碰撞聲中，將小阿姨的生命摔成兩半，她的另一半生命突然終止，讓她有嚴重的失落感，過去的生活已流失在時間的洪流中，已無法尋回，新的生活突然在眼前展開，她一個人，包圍在她四周的是孤單與空虛，她在水交社的巷弄中遊走，串門子聊天，從與人談話來彌

補這種孤單與空虛。這一摔，摔亂小阿姨家的生活秩序，每天傍晚可以聽到小阿姨女兒的練琴聲，因為這一摔，這個練琴聲也停止了。

兩年以後，小阿姨少來我們家，似乎她接受這個現實，她能夠適應現實；不接受，不適應，又能怎樣？

我抬頭望著飄滿青天白日滿地紅的墓園，腦海中浮現一九七八年五月《臺南文化》第五期，羅恩廣的簡介以及入祀忠烈祠和掛著他遺像的軍用吉普車照片，那隻斷了翼的鷹無法動彈，靜靜地躺在這兒。

國旗飄揚的碧潭空軍公墓。

1978 年 5 月《臺南文化》入祀忠烈祠儀式。

（中華民國的空軍月刊第九三六期，107.5.；2022.11. 修訂）

一空間地景一

竹溪畔的紅花風玲木　韓思敏 攝

桶盤淺記事：水交社地貌的演變

臺南市大南門外的地勢，是一大片突起的沙丘地形，稱櫻丘沙丘，從孔廟附近向南延伸到二仁溪北岸，全長約七公里，它類似一個倒扣的大盤子，稱桶盤淺，又由於位於臺南南面，稱南山。不同時代在這裡畫下不同的刻痕，累積豐富的文化層。

唐朝詩人張籍的詩：「洛陽北門北邙道，喪車轔轔入秋篁。」國人習慣將城郊的荒野闢為墳場。清朝許南英《臺灣竹枝詞》：「大南門外路三叉，二月遊春笑語譁；桂子山頭無數塚，紙錢飛上棠梨花。」我在圖書館找到清朝時，在安平做生意的英國商人畢麒麟（W.A. Pickering）的一本書《歷險福爾摩沙（Pioneering in Formosa）》記述：「一出南門，可以看見占地廣大的墓葬區，白色的墓碑淒涼地在荒沙漫野中閃爍。」幾個世紀以來，府城居民最後裝在木盒裡往這裡送，將這裡打造成一個龐大的地下博物館，劃下文化的刻痕。

我從施淑宜的《開臺尋跡》中，發現一張日本大正10年的地圖，這個時間為1922年，大南門外有不少倒「T」形的標誌，那是墳墓的標誌，說明大南門外就是墓葬區；「T」形標誌區域註明「桶盤淺」、「跑馬場」、

「內地人墳墓」、「本地人墳墓」等字樣。「內地人」指日本人，日本人與臺灣人的墳地是分開的。

政權更換，這片墓地出現漢墓與樹狀形的日墓，墓碑上出現明、清的中國年號與明治、昭和、大正等日本年號，刻上政權更換的刻痕。

太陽旗在臺灣上空升起。1911 年，日本殖民政府在臺南實施都市改正計劃，中文是都市計畫，規劃桂子山及其周遭以體育設施為主體，需要遷移大量墓葬，引起民眾的抱怨與抗議。1928 年，臺灣文化協會發起抗議活動，稱「臺南墓地事件」，是日本殖民時期少見的民眾與政府對抗的事件，日本殖民政府採取高壓手段鎮壓。於是，桶盤淺首度響起都市化的腳步聲，人跡罕見的墓葬區逐漸有了人煙。

1915 年臺南州廳完工，旁邊有一條南向的道路標為「幸町」；1930 年代，臺南市地圖標示出「臺南州廳」、「第一高等女學校」、「第二高等女學校」，「第二高等女學校」旁有一道路，就是現在的南門路，這條道路逐漸改變大南門外的景觀。1895 年的地圖，大南門內外沒有聯絡的道路。

我參加重現府城水文促進會的桶盤淺走讀，西門路一段路旁有一個黑色大理石碑寫著「第三級古蹟曾振暘

墓」，旁邊有一條小路通向墓園，這是一座漢墓，墓碑字跡模糊，仔細看可以辨認「皇明」，「澄邑」，「崇禎十五年」字樣，為何這麼早的時間，在這裡有一座漢墓？

三色旗在臺灣上空升起，荷蘭人注意到臺灣的亞熱帶氣候與土地肥沃，具備發展農業的條件，而發展農耕，計畫從福建召募漢人來臺耕種。1600 年，一位福建廈門同安人蘇鳴崗（1580-1644），遠赴印尼的巴達維亞謀生，荷蘭人任命他為巴達維亞的甲必丹；荷蘭人在殖民地任命當地有聲望的漢人，協助殖民政府處理當地漢人的事務，稱「Captain」，這個名詞是荷蘭語，中文音譯「甲必丹」，意譯是「領導人」。1636 年 7 月，蘇先生來到臺灣，待了三年，協助荷蘭人從他的故鄉福建招人來臺灣開墾。

時代背景為我解答這個問題，這座漢墓的墓主是福建來臺灣開墾的漢人曾振暘，當年來臺的還有其他人。他應是普通老百姓，未在歷史上留下記錄，我無法查出他的生平事蹟；我推測，這裡應有其他漢墓，三百多年來，時間洪流沖刷掉其他墳墓，獨留這座墳，正是「獨留青塚向黃昏」，成為漢人移民臺灣的標記。他於崇禎十五年過世，約 1642 年，較蘇鳴崗到臺灣晚了六年，他過世時，還沒有《赤崁耕地圖》。我不知道，他是不是當年，蘇鳴崗從福建召募來臺灣墾殖的漢人。

　　2009 年 1 月，水交社整地，在興中街 116 巷北側空地，挖出六十多具蚵殼夾雜石灰砌成的石棺。我家住興中街 116 巷 1 號，保留做古蹟。那天，我站家門口，看到對面一大片窪下的黃土，零散錯落的放著墓碑與蚵殼夾雜石灰砌成的石棺，我走下去，看到墓碑上刻著「乾隆」、「澄邑」等字樣，墓碑全部朝西，這是一部用墓碑撰寫的漢人移民臺灣史，這些人來自福建，他們走到人生終點站，猶不忘家鄉，躺下之後，不忘朝西望著夕陽西下的故鄉。這次整地，不經意地顯露出文化的刻痕。

　　2018 年，我參加臉書社群「重現府城水文促進會」與「地上臺南」這兩個民間團體舉辦的桶盤淺公墓走讀，探尋這座生活博物館；雙腳走過一座座墳墓，雙眼掃過一塊塊墓碑，解說員的聲音在耳際響起，設法從墓碑上有限的資訊，解讀其中蘊涵的訊息，探索那一道道文化的刻痕。

　　2021 年，我騎機車從南門路南行，踏尋埋藏在這片土地下的文化刻痕，經過水交社、我曾就讀的空軍臺南子弟學校，現在的志開國小，道路兩旁的樓房取代累累墳塋，單線車道拓寬成雙線車道，隆隆的車聲打破這裡數百年來的沉寂，在亞洲餐飲管理學校前，過了大成路一段，進入新都路，經過六信高中，這一帶在日據時

代,是日本陸軍機場衛戌部隊的軍營,護衛臺南機場的安全。臺灣光復後,土地轉賣給私人,由於這裡是墓葬區,只適合興建學校,於是學校林立,有空軍臺南子弟學校(今志開國小)、建業中學、六信高中、文華中學(今亞洲餐旅學校)等學校。

我經過六信高中後,看不到房子,道路進入高低起伏不大的野地,野地長著長長的野草,野草中隆起一個個土墩,土墩前嵌著水泥墓碑,右側的土墩較小較簡陋,落款是「永康榮民醫院」或「臺南榮家」,這些都是早期大陸來臺過世的軍人,左側是「臺南聖教會墓園」,一排排十字架整齊的排列在地上,再過去,看到錯落散佈在野地的墳墓,墓碑上刻著「廈門」、「漳州」、「泉州」、「海澄」、「龍溪」……,這些人在入土後,猶不忘自己的故鄉,將故鄉刻在墓碑上,說明他們是來自福建的移民;在一個叉路口左轉,這條路沒有住家,也不需要路名,約一百公尺是一個下坡,下坡後經過火葬場,經過架在竹溪上的南山橋,竹溪兩岸遍佈蒼鬱的林木,是大自然無意間留下,荷蘭時期的哈赫拿爾森林(Hagenaer)。我從網路上查,這個字是荷蘭的姓氏,荷據時期以這個姓氏,命名這裡的一大片森林。日據時期,日本海軍航空隊在附近興建士官宿舍,臺灣光復後,由空軍接收成為空軍眷舍,以荷蘭時期的森林,命名為大林。現在已看不到森林。我走進一個靜謐的世界,在這裡聽不到一點聲音,從橋上望過去,竹

溪兩旁是高過人頭的野草和林木，野草中依稀可見一座座墳，太陽高掛在空中，俯視著大地，一隻白鷺鷥在林間飛翔，落在草地上，潺潺的流水聲，悄悄地撥開這片寂靜傳過來。多年前，遷移大量墳墓鋪設中華南路，縮小墓地的範圍，更進一步改變這裡的地貌。

　　我在網路上找到 1644 年一位荷蘭東印度公司上席商務員西門・雅各松（Symon Jacobsz）與柯爾尼利斯・卡希爾（Cornelis Caesor）以及柬埔塞艦隊副司令官杜摩肯斯（Domckens）繪製的《赤崁耕地圖》，這個地圖在網路上不難找到，也出現在許多書中，這張地圖沒有比例尺，很難瞭解圖中標示東西的相關位置，2017年第五屆南瀛研究國際學術研討會《臺灣政治經濟文化核心的建立：早期南瀛（10—18 世紀）》論文集，收錄蘇峰楠的〈赤崁耕地圖所描繪的 17 世紀中期臺南地景及其歷史空間〉，該文指出這份地圖「具有濃厚繪畫示意性」，是荷據時期臺南唯一的一張地圖，是瞭解荷據時期臺南的唯一管道，該文有一張這張地圖與現在臺南市相關區域的對比圖，有助於我瞭解三百多年前相關標示與現在的位置。

　　《赤崁耕地圖》有一條濱海道路，荷據時期，現在的西門路是臺江內海；我認為是現在的永福路，我騎著鐵馬南行，從赤崁樓開始，經過永福路二段、一段，街屋在身旁迅速滑過，雙線車道，車子風馳電馳的從旁邊

飛逝而過，沒有海風，聞不到海水的鹹味，兩三百年來，海水不斷西退，這裡離海岸線已很遠，永福路一段到健康路一段終止，永福路二段、一段可能是《赤崁耕地圖》上的濱海道路的一小段，新都路可能是另一段，在時代巨輪的輾壓下，這條路被切成幾段，難以找到完整的道路；參閱蘇峰楠的〈赤崁耕地圖所描繪的 17 世紀中期臺南地景及其歷史空間〉上的這條路，東南向，跨越三爺宮溪，到達二層行溪畔，路旁標示一個地名「瀨口」，是平埔族的部落。現在的喜樹與灣裡當年應在海裡。在圖書館，我從洪英聖編《畫說康熙臺灣輿圖》與《畫說乾隆臺灣輿圖》中，找到「瀨口」這個地名，明永曆 19 年的《臺灣外記》：「八月，以諮議參軍陳永華為街男。……插蔗煮糖……就瀨口地方，修築坵埕，潑海水為滷，曝晒作鹽……上可裕課，下資民食。」這裡靠海，這裡的平埔族居民以鹽業為生。這裡是桶盤淺的西緣。洪英聖編《畫說康熙臺灣輿圖》書中，「瀨口」南側標示「桶盤棧」三個字；棧是客棧，現在的用語是旅館。這條路是鹽路，是交通要道，路上來往的商旅不少，有商旅無法在天黑前進城，於是有人在這裡經營客棧，供往來的商旅投宿，第二天進城。臺南城牆建於 1723 年，此時尚未築牆。鹽路和桶盤棧在此劃下文化的刻痕。以後鹽路衰微，這裡的客棧隨之而式微，「棧」不知甚麼時候改為「淺」。

　　《赤崁耕地圖》有一條三叉路，我比對《臺南市志稿地理志疆域篇》的城池圖，這張圖來自清乾隆年間魯頂梅的《重修臺灣縣志》，城池圖的嶺後街有一條右彎的道路，標誌東安坊、油行尾、大埔街，直通小南門，《赤崁耕地圖》右側的一條道路，與這條道路相近，相當於現在的開山路，南下接省道，是桶盤淺的東緣。這條道路經過一大片甘蔗園，是糖路。洪英聖編《畫說康熙臺灣輿圖》書中標示「桶盤棧汛」四個字，為了瞭解這個標示的意思，我查閱文獻，得知 1683 年，康熙 22年，康熙皇帝拿下臺灣，次年，派蔣毓英出任首任臺灣知府，蔣毓英編撰的《臺灣府志》，記載駐軍桶盤棧，稱「桶盤棧汛」，位置約在竹溪寺附近，配置把總一人，士兵七十人。「汛」是明朝的軍事單位，清朝沿用明朝制度，相當現在的分遣排，防衛府城南部。康熙 58年冬，王禮主修的《臺灣縣志》記載，駐軍桶盤棧外，並在寧南坊設立教場，操練軍隊。教場的位置約為現在的大成國中。客棧與駐軍在這裡劃下另一道文化刻痕。

　　我坐在螢幕前，手指在鍵盤上滑動，從網路上蒐尋有關桶盤淺的資訊，網路上的資訊是自行輸入，未經審核，易於產生差錯，我到圖書館查閱文獻核對，在《平臺記事本末》以及洪波浪與吳新榮主修的《臺灣縣志卷八人物志》與《臺南市志稿卷七》，找到桶盤棧的戰火痕跡。清乾隆時，1786 年，林爽文在彰化率領民眾反

抗清朝，從福建漳州平和移居現在屏東里港的天地會領
袖莊大田率眾響應，他進攻府城，與清軍在桶盤棧對
峙，清軍把總王澤高等人陣亡，清廷派陝甘總督福康安
親王率兵增援臺灣，以及福建同安，現在金門瓊林人，
澎湖游擊蔡攀龍率兵約七百人駐防竹溪寺附近，林焜熿
的《金門志人物列傳》記載：「蔡攀龍……在郡南二里
許，濬溝築壘……」，又：「攀龍駐軍郡南，以『四塞
土形，扼險攻瑕』致勝。」現在已了無痕跡。蔡攀龍與
海防同知楊廷理，打敗莊大田，解除府城危機。乾隆皇
帝視平定林爽文事件為其十大武功之一，立九塊石碑紀
念，目前放在赤崁樓；在現在南門路南門教會附近為福
康安設立生祠，該生祠毀於日本殖民時期。1788 年，
蔡攀龍贈送竹溪寺一塊匾「捷于影響」，後來蔡攀龍升
到福建陸路提督。

　　另一場戰役發生在清嘉慶年間。我來到大同路二段
朝玄宮，廟前塑立一塊石碑，碑文記載，嘉慶初年，海
盜蔡牽佔據桶盤淺朝玄宮與清軍對峙，蔡牽失敗後，朝
玄宮遭到嚴重破壞，幾成廢墟。此廟原位於臺南機場
內。1937 年，日本人修建飛機場，強迫該地居民遷移，
拆除該廟；1993 年重建於此。戰爭在這裡劃下另一道
文化刻痕。

　　1937 年 4 月 28 日，日本在臺南新豐郡永寧莊鞍子
興建飛機場，這個機場為民用機場，這裡是桶盤淺，需
遷移大量墓葬，法華寺創辦人李茂春的墓葬在這裡，法

華寺人員將李撿骨，存放於該寺的塔裡。同年 6 月 27 日，機場開幕，該機場有一條航空支線到澎湖馬公，完成環島航線的計畫。在日本侵華戰爭的砲聲中，這個機場改為軍用，開啟這個機場的軍用機場時代；1940 年 10 月 1 日，日本海軍航空隊進駐，以後不斷擴建以及增添設施，成為設施完善的機場。為了安置官兵眷屬，日本海軍航空隊將鄰近機場，桂子山附近的墳墓覆土，興建幾排日式眷屬宿舍以及軍人住宿旅館，原本日本海軍軍人的住宿旅館稱「水交社」，這裡的軍人住宿旅館與軍眷宿舍在一起，連帶稱這整片宿舍區為「水交社」。這裡幌動穿著黑色海軍軍服的人影，揚起日本海軍《軍艦進行曲》的歌聲：「守攻兼備的黑鐵，是可信賴的水上之城……。」拉開水交社眷村時期的序幕。日本殖民政府在這裡修建機場，劃下另一道文化刻痕。

太平洋戰爭末期，美軍對臺灣進行戰略轟炸，日本海軍航空隊在將官宿舍的庭院興建小型防空洞，供眷屬躲避轟炸。同時，另外興建一個大型的鋼筋水泥防空洞，上面覆土並種樹作偽裝，供其他眷屬躲避轟炸。戰後，我空軍接收，利用這座大型防空洞做電話總機房，轉接軍用電話；當時的軍用電話無法直播，需要轉接。以後，這個地方誤稱為「桂子山」；其實，桂子山位在南門路以東，海拔約二十七公尺，現在已剷除。

　　1945 年，日本人離開臺灣，我空軍接收日本海軍
航空隊的機場以及位於水交社的房舍，機場命名為臺南
空軍基地，水交社房舍成為空軍眷村，於是，「凌雲
御風去，報國把志伸，遨遊崑崙上空，俯瞰太平洋濱
……。」的《空軍軍歌》取代《軍艦進行曲》，穿著天
藍色空軍軍服的人影取代穿著黑色海軍軍服的人影。

　　由於遷來臺灣的軍眷眾多，形成以軍種區分的特殊
群聚生活方式，臺灣的辭彙中出現一個獨特的名詞「眷
村」。水交社一棟日式房子分住三戶人家，空軍在附近
興建眷舍，水交社的範圍逐漸擴大，仍保留「水交社」
名稱，「水交社」是通稱，空軍正式名稱是「志開新
村」，紀念對日抗戰中，殉職的飛行員周志開，因為他
的母親王倩綺女士，住在水交社的親戚傅先生家。眷村
在這裡劃下另一道文化刻痕。

　　1970 年代，都市化的腳步聲再度在桶盤淺響起，
政府要求這些沉睡者騰出空間，而剷除墳墓，出現國民
路、新都路與中華南路等，穿過桶盤淺的道路，使這片
沉寂的土地上，響起隆隆的車聲，並興建起一棟棟樓
房，一改昔日墓地沉寂與淒涼的景色。

　　2000 年的眷村改建聲中，政府收回眷村用地，保留
數棟房舍做古蹟，拆除其餘房舍，水交社居民搬離水交

社；我家於 2004 年底搬離，這一年年底，大部份住戶都搬離，水交社成為一座空城，於是，水交社空軍眷村時期落幕了。第二年春節，我騎機車來到水交社，興中街上看不到一個人，家家戶戶緊閉大門，整個水交社寂靜無聲，遠處傳來零星的鞭炮聲。

臺南市區擴張，墓地範圍一再縮小，拆除水交社眷村，再度改變這裡的地貌，將原有的文化刻痕重踩在泥土中。

一道道的文化刻痕累積成「水交社文化園區」，留下的八棟日式房舍展示相關文物。這一天，一面面長方形，上面寫著「水交社文化園區」幾個字的旗幟，豎立在水交社一街兩旁，在風中飄動，傳出「劈啪！劈啪！」的聲響。開幕時，七架雷虎小組 AT-3 噴射教練機呈大雁隊形，從兩棟公寓間的空隙鑽出，噴出紅白藍的煙，呼嘯飛越觀眾席，為超過半個世紀的空軍眷村時期，作最後的一瞥，同時，拉開水交社新的一幕。

水交社

　　眷村的命名多與該村的軍種有關，例如飛雁新村是空軍眷村，醒村源自於筧橋航校旁的空軍宿舍醒村；有的以捐款團體命名，中華民國婦女聯合會向影劇界人士募款興建的眷村以「影劇」命名，向臺灣省進出口商同業公會募款興建者以「貿易」命名，向臺灣省青果商同業公會募款興建者以「果貿」命名；水交社是極少數的例外，以日據時代的名稱為村名，其實，水交社的官方名稱以抗日戰爭期間殉職的空軍飛行員周志開的名字命名為「志開新村」，水交社是一般稱呼，非官方名稱，但這個非官方名稱比官方名稱還響亮，文化局成立「水交社」文化園區，附近的路名與公車站牌都以「水交社」命名。

　　1896 年，日本佔領臺灣後，認為航空是聯絡這個島嶼最方便的方式，積極開闢臺灣到日本的內臺航線與臺灣的環島航線。1937 年，日本政府選擇臺南南方約五點五公里的新豐郡永寧庄鞍子的桶盤淺公墓修建飛機場。1937 年 6 月 27 日正式開幕，陸軍航空隊派九架戰機臨空致意，這是民用機場[1]，每周臺南與馬公都有航班，而完成環島航線。

　　臺南南面為一廣大凸起的沙丘地形，像一個倒扣的

大淺盤，稱「桶盤淺」，又位於臺南南部，稱「南山」，有竹溪流過其中，這裡土地貧瘠不適於耕種，從明朝開始就是墓葬區，它是臺灣歷史最久，面積最大的漢人墓葬區，現在還可以看到明清的墳墓。清朝時這裡先後有駐軍及客棧；清乾隆時，1786 年，天地會領袖莊大田響應林爽文，率眾在這裡與清軍打了一仗，清陝甘總督福康安親王率兵打贏這場仗，乾隆皇帝視平定林爽文事件為其十大武功之一，為這位親王立碑與建立生祠[2]。日本占領軍習慣將墳墓推掉，利用公墓區興建飛機場，所以在桶盤淺公墓興建飛機場。

由於中日戰爭的緣故，1940 年 3 月 1 日起，這座機場改為軍用機場，由日本海軍航空隊進駐。日本海軍航空隊為解決官兵家屬居住的問題，將機場西側桂子山山坡地的墳墓覆土，興建眷屬宿舍及俱樂部，將原本設在機場的日本海軍休閒團體水交社搬到宿舍區，由於軍人住宿旅館與眷屬宿舍在一起，統稱水交社，這個名稱一直延用到現在。

軍人常派往外地出差，若自行住旅館並不恰當，日本海軍在各基地所在地興建住宿旅館，解決軍人到外地出差住宿問題，採用中國《莊子‧山木》的「君子之交淡如水」，命名為「水交社」，類似我國的國軍英雄館或空軍官兵活動中心或空軍新生社。此種住宿旅館，日本陸軍稱偕行社，出自《詩經‧秦風‧無衣》的「王於

興師，修我甲兵。與子偕行！」臺南偕行社位於臺南公園南側。

日本式房子是在地面高架約一百公分，稱高床式建築，上面鋪設木板，其功能在防潮與通風。1940 年代初期興建水交社，此時水泥成為建材，所以水交社的房子為水泥牆，而非早期使用長條木板排成魚鱗狀的木製牆壁。每棟房子都有一對煙囪供客廳與臥房取暖，煙囪的水泥柱上有方形的蓋子，可以打開清理煙灰。水交社的房子很講究，每棟房舍都有牛眼窗，相當別緻。在志開國小西側，興建高級房舍供高階主管居住；太平洋戰爭末期，美軍戰略轟炸臺灣，因此，在高階主管宿舍院子理興建防空洞，供眷屬躲避美軍的空襲，另外，在志開國小北側興建大型的水泥掩體，上面覆土做掩護，供其他眷屬躲避空襲，這個大型水泥掩體現在被誤稱為桂子山，其實桂子山在南門路以東。日本海軍臺南航空隊最後一任司令官增田正吾就住在這裡，他曾任赤城號航空母艦飛行長，當時他的官階是中佐，參與偷襲珍珠港；日本投降後，他負責與中國空軍的張柏壽辦理臺南地區軍事設施與物資的移交任務，移交結束後，他從高雄坐船回日本。傳說他聽到日本天皇投降的廣播後，在這裡切腹自殺，是不正確的。

依據水交社的性質，我推測，F-5E 展示區原為日本海航的水交社軍人住宿旅館。依據美軍戰略轟炸空照

圖繪製的圖樣，這裡是空白的，推測，該住宿旅館毀於太平洋戰爭末期，美軍的戰略轟炸，且沒有留下任何遺跡。臺灣光復後是一片空地，1950 年代，於該地興建復興球場，為當時臺南小有名氣的球場，美國歸主籃球隊曾在此比賽，李麗華等電影明星曾來過；住在水交社，官校二十九期，一聯隊飛官唐毓秦告訴我，就讀官校期間，他是官校籃球隊，曾在這個球場打過籃球；1960 年代拆除球場，興建兩排水泥眷舍，其中一戶人家劉家和，我多次去他家；1980 年代，拆除眷舍，改為公園並擺放兒童遊樂設施。現在為一片綠地並展示一架 F-5E K 構型。

王兆辭，他的父親是空軍接收小組成員，臺灣一光復就來到水交社，民國 35 年出生於水交社，產婆來到他家接生，他表示，當時水交社的空屋多，這個地方很荒涼，看不到人。1949 年以後，來臺的軍人與眷屬人數增加，而將一棟日本房舍隔成三部分，由三家分住，我住的興中街一一六巷一號由三戶人家居住，雖然分住三戶，院子還不小，前院可以停兩部車子，後院種一株楊桃與一株釋迦，還有一個長方形的魚池。我與弟弟結婚後，砍除這兩株果樹，填平魚池，蓋了兩間水泥房子，我和弟弟各住一間。

一般眷村房子小，沒有院子可言，巷道約一個半腳踏車車把的寬度。水交社興中里的日本房子住戶以空勤

人員為主，房子較大，還有一個大院子，房前的馬路寬廣，不是典型的眷村；荔宅里以地勤人員為主，房子窄小，有些房子中間是蘆葦幹，外敷泥土，是軍方自己建的，水交社文化園區歷史館有一塊牆壁，就是模擬這種房子。

　　眷管所是眷村的管理機構，它扮演眷村與部隊橋樑的角色，有電話直通臺南機場，有幾次晚上九點多，眷管所的擴音器廣播：「XX 單位同仁請於 X 時到 XX 集合。」立刻聽到開門聲與人聲和卡車的引擎聲，而後卡車聲愈來愈遠，村子又恢復平靜，有時是演習，瞭解動員軍人的效率，有時真的有事情。

　　軍人服從的習性，在眷村表露無遺，將政府的政策用斗大的字寫在牆壁上，「三民主義統一中國」、「堅忍自強」，有些保留到現在，它是時代的印記。

　　水交社文化園區以日據時代的藍本重修，已喪失空軍眷村的風貌，有原住戶回來，難以辨認原本居住的房子。重修這類房子，以哪個時期為標準修護，實在不容易拿捏！

　　二十一世紀初，政府改建眷村，為水交社空軍眷村時期畫上休止符，臺南市文化局將水交社以文化園區方式營運，開啟水交社另一個時期。水交社共歷經日本海

軍航空隊宿舍、我空軍眷村兩個時期，現在進入第三個
時期——水交社文化園區，三個時期的時代背景不同，
說明時代與環境的互動關係。

附註：

1. 杜正宇，2012。〈日治下的臺南機場〉。《臺灣文獻》，創刊號。
2. 《平臺記事本末》，洪波浪與吳新榮主修的《臺灣縣志卷八人物
   志》，《臺南市志稿卷七》。

日本式房子在地面架高約一百公分，上面鋪木頭
地板，以防潮與流通空氣，這間房子是興中街
120 巷 1 號供應司令部副司令，航校七期，張雁
初的房子，水交社遷建後，有一部電視連續劇《流
金歲月》就在這棟房子拍攝，拍攝完沒多久就火
燒，火燒後保留原狀，可以看到日本式房舍從地
面架高的情況。

水交社住戶牆上的標語「堅忍自強」，房子已拆除，已看不到此標語。

迷霧般的小山丘

打開報紙，報紙的標題有「桂子山」三個字，一張熟悉的照片映入眼簾，小山丘上是一間紅磚房，旁邊有一株樹，防水塑膠布鋪在一座小山丘斜坡上，四周的樹叢已清理乾淨，紅磚房與這株樹，給人一種孤獨的淒涼的感覺。

2012 年，居民遷出水交社後，經過整地，保留幾棟房舍，拆除所有房舍，成立水交社文化園區，園區中，志開國小北側，有一個小土堆，旁邊有一面標示牌寫著「桂子山」，這一次它相當突出，為熱門話題，口耳相傳，穿鑿附會，蒙上一層迷霧。

2009 年 4 月初的一天上午，我和一群人穿過興中街七巷十八弄紅磚圍牆夾出的狹窄巷道，兩旁的住戶已人去樓空，踩踏滿佈黃色樹葉的泥土小徑，聆聽腳下樹葉沙沙的聲音，登上桂子山，山上佇立著一個紅磚砌成的小屋，這個不起眼的紅磚小屋吸引不少人注意，桂子山又蒙上一層迷霧。

程柏光從鐵櫃中拿出一個個土黃色的大型信封，他將資料依類別放入不同的信封中，我們心中有一個共同的問號：那是桂子山嗎？程柏光的記憶力很好，他於

1950 年代就讀臺南空小（現在的志開國小），他告訴我：「我曾上過桂子山多次，當時山上有個涼亭，四腳是洗石子的柱子，四邊並沒有紅磚牆，涼亭下方是一個鋼筋水泥建築物。」他說：「我推測，這個鋼筋水泥建築物不是開挖出來的，而是建築完工後覆土而成的，因為這裡的土質欠缺黏附性，很難從這種土壤中挖掘出一個洞，再以水泥強化。」我說：「那是電話總機房。」早年的軍用電話不能直播，都由總機轉接，各單位以大陸的城市名稱作為代號，譬如臺北的代號為上海、空軍總部的代號為重慶、國防部總機的代號為江蘇一號等。軍用電話沒有撥盤，機件部份裝在長方形的帆布袋裡，聽筒放在帆布袋上方，帆布袋外面狹窄之處有一個搖柄，拿起聽筒，搖搖柄，就接通總機房，告訴總機對方的代號，譬如「請接武漢。」總機就會轉接到對方的號碼上。我說：「每年農曆年的前一星期，爸爸會拿一條長壽煙，在黃色的盒子蓋上寫著我們家的電話號碼，我穿過狹窄的巷道，爬上小山坡，將煙送到桂子山腰的電話總機房，我將長壽煙拿給總機房的人，同時指著煙盒上的紙條說：「這是我家的電話。」這是爸爸的公關，所以，我每年都要走一趟桂子山。這個鋼筋水泥建築裡，擺滿著複雜的通訊設備，總機房入口與地面垂直，有一個人寬度，約一百七十多公分高。後來，電話普及，家裡的電話改為撥盤式電話，可以直播，爸爸將軍用電話繳回部隊。不知什麼時候，桂子山周圍圍上一圈紅磚牆，無

法進入，山上長滿樹，遠望是一個綠油油的樹叢，看不
到紅磚涼亭。有一年家裡的遮雨棚下有蜜蜂窩，蜜蜂窩
不斷擴大，爸爸找來一位養蜂專家，他拿了一個大塑膠
袋，套在蜂窩上，將蜂窩摘下，高興的告訴我，這是虎
頭蜂窩，指著塑膠袋蜂窩裡白色一直在蠕動的蛹，說：
「這個東西最好，可以泡高粱酒，很補，我泡了之後可
以送你一瓶。」我好奇，家裡怎會有虎頭蜂？聽說這種
蜂不是一般的蜜蜂，人被叮到會死亡，我問：「虎頭蜂
從哪裡來？」他指著東邊這個高地上的樹叢說：「從那
裏飛來。」小山丘籠罩在迷霧中。

　　太平洋戰爭末期，日本海軍在興中街 75 號聯隊長
宿舍的院子，興建一個小型的鋼筋水泥防空洞，上面覆
土以及種草與樹木做偽裝，供高階長官及眷屬躲避警報
用，至於其他人的眷屬呢？總要想個辦法，於是日本海
軍興建一座可容納四十至五十人大型鋼筋水泥防空洞，
供居住在水交社的軍人及眷屬躲避警報，在防空洞上面
覆土與種樹，作為偽裝，同時，在上面修建涼亭，觀看
附近賽馬場賽馬。臺灣光復後，日本海航的財產由空軍
接收，空軍在這裡設立眷村，1952 年，空軍利用這個
大型防空洞設立電話總機房，配備約十人，輪班負責接
線，班長馬寬雲，單身，沒錢租房子，為解決居住問題
，他注意到山頂有一個涼亭，他自行將這個涼亭四周用
紅磚砌起來，居住在裡面。1940 年代末期居住在水交
社的程柏光，手中拿著一幅他畫的桂子山大型鋼筋水泥

防空洞的剖面圖，這個剖面圖由三幅圖組成，上圖為挖掘的情況，有人在土丘中用鏟子將土拋出來；中圖為挖好覆土，建涼亭後的剖面圖；下圖為現在的外觀。程說：「這應是大型的掩體，不是桂子山。」

程柏光說：「有人說那是消防蓄水池。」我說：「若是消防蓄水池，開口應與地面平行，而非與地面垂直。」

我到圖書館查閱文獻尋找答案。余文儀的《續修臺灣府志》的描繪為：「魁斗山，在縣治南口里。三峰陡起，狀若三臺環拱郡學。」謝金鑾、鄭兼才的《續修臺灣縣志》有更詳細的描繪：「魁斗山，在邑城南。其脈自東南來，至正南陡起三峰，狀若三臺星，為府學文廟拱案。」桂子山位於臺南東南方，由三個連續的山丘構成，而非孤立的一座小丘，英桂在《福建通志臺灣府（上）》描述：「魁斗山在城南，脈從東南來，至正南陡起三峰，狀若三臺，為府學文廟拱案。又蟠屈蜿蜒，以至西南，勢皆內抱，形象所謂下砂者止此。」洪敏麟在《臺南市市區史蹟調查報告書》中所述，桂子山由三座小山組成，位於現在的南門路以東，健康路兩側有一個舌狀突出的地帶，海拔約十六至二十公尺。這三座三丘並列於府城東方，有如筆架，中峰最大。

我跟程柏光說：「依據文獻，桂子山應在南門路以

東，而非西側。」又説：「這座小山丘是獨立的，沒有連續的小山丘，不符合文獻的描繪。」

人會捕風捉影，將一些事務披上一層外衣，增添迷樣的色彩，口耳相傳下，桂子山蒙上這層迷霧，我跟程柏光説：「這不是個美麗的錯誤嗎？有必要揭穿嗎？」他笑了笑。

常常騎車經過水交社一街，看到這座林木蒼鬱的小山丘，想到圍繞它的迷霧般的傳言，增加這個小山丘的神祕感，平添它的美。現在，迷霧散去，桂子山赤裸裸的呈現出來，我的驚訝帶著失落感，為何讓這座小山光禿禿的呈現出來？

（中華日報 2023.6.6；2023.9.4 修訂）

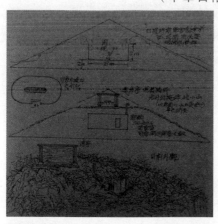

程柏光繪製的大型鋼筋水泥防空洞圖，這個防空洞被誤認為桂子山。

桂子山的紅磚房與孤樹。

空小歲月

志開國小校慶典禮結束後，在操場上，吳延晃老師對我說：「志開國小學生要會唱兩首校歌，《志開校歌》與《空小校歌》。」我心中一愣，空小結束超過四十年，還教唱《空小校歌》！？隨即吳延晃站起來，比比手勢，這群小朋友先唱《志開校歌》，再唱：「神州莽莽，華冑綿綿，同胞四萬萬，立國五千年⋯⋯」我已忘記這首歌的歌詞，旋律有點熟，這一點熟的旋律，宛如時光隧道，讓我看到那遙遠的過去。

臺南空小在日據時代是日本帝國陸軍軍營，它建在櫻丘沙丘上，沙丘土質鬆軟，一刮風就是黃沙滾滾，靠近南門路的圍牆附近是一片黃沙，一腳踩下去，半個球鞋都沒入沙土中，這片地方是學校的邊陲地帶，罕有人跡。學校原本是日本防衛臺南機場駐軍的軍營，房舍的牆壁是木板疊成魚鱗狀，每棟房舍外面左右兩側各有三根粗的方形木柱，呈約七十五度角頂住房舍，後來我在成功嶺大專集訓班的營舍也是這樣的建築。

第一堂音樂課，音樂老師坐在老舊的風琴後面，踩著踏板，風琴發出沙啞的聲音，我們沒有音樂課本，而是隨著老師的歌聲唱著「凌雲御風去，報國把志伸⋯⋯」的《空軍軍歌》，不時夾雜著一聯隊飛機起降的隆隆

機聲，以後我們常唱這首歌，它幾乎成了我們的校歌。
當然，我們也唱「神州莽莽，華冑綿綿，同胞四萬萬，
立國五千年……」的《空小校歌》，似乎唱的次數沒有
《空軍軍歌》多。後來的空小校友會才知道，所有空小
的校歌都一樣，所有空小必唱《空軍軍歌》。

　　民國 23 年，中央航空學校校長周至柔將軍為教育
下一代，以一個月七十塊錢的薪金，聘請陳鴻韜先生擔
任航校附設子弟學校校長，開啟空軍開辦國民小學的教
育制度。民國 26 年七七事變，中央航校奉令西遷，子
弟學校跟著政府西遷。八年抗戰期間，最多開辦二十九
所空小，空軍重要機構都在成都，這裡設立多達六所子
弟學校。民國 37 年，空軍子弟小學增至三十三所，南
京子弟小學最具規模，共有三十四班，學童 1,601 名。
民國 37 年底，空軍部隊陸續遷臺，空軍循例在機場附
近成立子弟小學，不少學校使用日軍遺留的房舍、庫房
改建成教室，或就現有建材，搭建「竹椽瓦頂，竹筋泥
壁」的房舍做為校舍，它的正式名稱為「空軍總司令部
附設（地名）小學」，簡稱「空小」，為了區別，在「空
小」前加上地名，總計在臺灣成立十四所子弟小學，分
別為臺北、桃園、新竹、臺中、臺中空小公館分校、
嘉義、虎尾、臺南、岡山、二高、屏東、東港、花蓮及
宜蘭。民國 54 年，國民教育普及，國防部通令三軍辦
理的子弟學校，全部移交地方政府，空軍子弟學校以空

軍烈士命名，陸續移交當地政府教育局；民國 55 年 4 月 7 日空軍總部正式以公文頒布臺北懷生、桃園陳康、新竹戴熙、臺中省三、臺中公館汝鎏、嘉義志航、虎尾拯民、臺南志開、岡山兆湘、筧橋、屏東鶴聲、東港以栗、花蓮鑄強及宜蘭南屏等十四個校名；民國 55 年 8 月 1 日將新竹、虎尾、岡山、東港、花蓮、宜蘭等六所學校移交地方政府；次年 8 月 1 日將臺北、桃園、臺中（含公館分校）、嘉義、臺南、筧橋、屏東等八所學校移交當地政府。民國 94 年筧橋國民小學因學生人數不足廢校。民國 58 年，將仁愛路空總舊址旁的臺北空小原址興辦懷生國中，將懷生國小遷至中山區現址。臺北空小有一個分校，位於現在南京東路四段 53 巷的粹剛國小，該校校地僅 800 多坪，且西側部分教室被劃為計畫道路用地，學校空間有限，加上校舍經臺北市養工處勘查為危險校舍；民國 57 年，民生國小完工後，臺北市政府將粹剛國小併入民生國小；民國 62 年拆除粹剛國小校舍；民國 64 年在粹剛國小原址設立臺北市啟明學校；民國 83 年 9 月改設臺北市立圖書館啟明分館，為臺省第一間視障人士專門圖書館。因而為空軍子弟學校劃上休止符。

當時我住在東區的崇誨新村，每天早上六點鐘起床，乘坐軍用卡車至學校，校長徐家騰也住崇誨新村，住在我家後面一條巷子，他和我們一起坐軍用卡車上

學，他坐在司機旁邊的位子。空小後門有個停車場，可以同時容納從二空和崇誨新村來的軍用卡車約六、七部；每天下午放學時，我們在這裡等車回家。

當時初中聯考，空小的升學率相當高，可與永福、進學國小媲美，升學率高的原因是「打」。空小天天聽到藤條「劈啪！」的聲音，老師在抽屜裡都有備用藤條，有幾次看到藤條打壞了，老師打開抽屜，拿出一根新藤條，繼續打。我五年級導師是姚曉荷，一直到畢業都是他帶的。他瘦瘦高高的個子，鷹鉤鼻，手臂上刺著國徽和「反共抗俄」四個字。當時的教室有四排座位，成績好的坐中間兩排，成績差的坐兩邊，每次月考後，就是「打」，接著就是大風吹，有人從兩邊換到中間，有人從中間換到兩邊。

當時，學生家長站在老師這邊，老師打學生視為管教，是老師的職責。班上一位同學趙望孚，他是校長徐家騰的兒子，相當調皮，從未坐過中間兩排位子，他天天挨打，老師常說：「你是校長的兒子，人家打一板，你要打兩板。」老師每次都特別用力打他，每天放學時，他都是兩手紅腫。多年後的同學會，我問他：「你爸爸知不知道你在學校挨打？」他說：「不知道，我不敢說，我爸爸說，你在學校挨打，回家後我要加倍的打你。」

學校操場邊有一棵大榕樹，枝葉茂密，樹下有好幾塊大石頭，是我們下課時遊玩的地方。下課後，老師跟我們一起在大榕樹下玩，此時的老師很和藹，與上課時的嚴肅態度完全不一樣。

臺南空小是男女合班，班上幾乎男女各半，所以男女併排坐，我們的課桌是雙人座的長方形木桌，我們在課桌上中央畫一條縱線，那是「楚河漢界」，女生的手過了這條線，我們就用手打對方的手，然後將手放在口邊吹吹，叫「消毒」；我們的手過了這條線，女生也如法炮製。多年後的同學會談到這一幕，大家啞然失笑，有人說：「誰發明的這種『消毒法』！」

空軍子弟學校的管轄機構為空軍總司令部，並非當地政府的教育局。約二十年前，副班長周圖仿籌辦同學會，問我：「班上同學，你有沒有印象深刻的？」我說：「朱凌雲，她住大林。」周驚訝的問：「你為什麼對她印象深刻。」我說：「她是班上唯一梳著兩條長辮子的女生，她的辮子垂到腰際，她坐在我旁邊好幾次，我們功課不好，坐在兩旁的位置。」周愣了一愣，她應該對朱凌雲的印象不深，說：「難怪你對她有深刻的印象。」我來找找她。到現在為止，我們開了無數次同學會，都未看到朱。其他學校應該沒有女生留這麼長的辮子。

　　學校大門斜對面是有名的天馬球場，天馬球場斜對面有一家小吃店叫聚雲亭小吃，中午沒有帶便當時，我就來這裡吃一碗陽春麵，我覺得這家小吃店的店名非常優雅，有顧客聚集如雲的意味。吃完麵後，我會到斜對面的天馬冰室花五毛錢買一袋酸梅冰，邊走邊吃的走回學校。酸梅冰是在塑膠袋中放幾顆酸梅和碎冰，插一根吸管，很受學生歡迎，每天中午買酸梅冰的學生把天馬冰室前擠得水洩不通。

　　當時的南門路過了健康路後，兩旁是木麻黃，少有人車通行，東側是桂子山，再往下走是一大片的墓地，這個墓地面積廣闊，歷史悠久，稱為通盤淺墓地。學校停車場對面就是墓地，有幾間竹房子夾雜於其中，午後常見到幾位退伍軍人在竹房子旁的油加利樹下喝茶聊天，神情頗為悠哉。當時的金湯橋只有一輛牛車寬度，橋下的溪水濁黃，不時漂著死狗，瀰漫著一股怪異的臭味，過了金湯橋，兩岸遍佈著竹林，這裡環境清幽，是荷蘭時期的哈赫拿爾森林；遠處有幾座古樸的房舍就是竹溪寺。我覺得竹溪寺的名稱很寫意，因為前有竹林旁有溪流，難怪有人題了「了然世界」四個字掛在大廳中。過了金湯橋，兩旁是高低起伏的土丘，土丘上錯落著竹林與墳墓，此種環境激起我們的好奇心，我們常來這裡探險，戰戰兢兢的走著，擔心鬼故事中的情節會突然出現，往往一點風吹草動，或是一聲鳥叫，大家就四散奔

逃，有人還一路哭著回來。

畢業典禮在空軍供應司令部大禮堂舉行，我們進入
空軍供應司令部，上樓，走過天橋，進入隔壁大樓的大
禮堂舉行畢業典禮；空軍供應司令部後來成為臺南市政
府，現在是臺灣文學館；隔壁大樓是日據時代的臺南州
議會，後來是臺南市議會，又後來成為臺南市攝影文化
會館及臺南市議政史料館，現在是臺南市立圖書館中西
區分館。校歌的最後一句是「學校是我們美滿的家園」，
在這歌聲中，結束我的小學生活。

聽完小朋友唱的空小校歌，我在學校走一圈，以前
黃沙滾滾的操場種著草，環境的變遷，黃沙已變成硬硬
的土塊，日據時代的房舍已消失，取而代之的是鋼筋水
泥的兩層樓校舍，大榕樹的地方是塊草坪，在時間洪流
的沖刷下，它們深埋在心底，校歌的旋律帶我回到那遙
遠的過去，那個天真愉快的歲月。

1963 第 15 屆六愛畢業師生合照，攝於空軍供應司令部司令魏崇良辦公室良知廳前，背景可見空軍軍徽及反攻抗俄標語，第一排中間右為徐家騰校長，左為導師姚曉荷。

校 歌

全省空小都唱同一首校歌。

臺南一家傳奇的航空公司

　　1960 年代，從省道往南，在臺南空軍基地南側，可以看到在一堵水泥牆後停放著各類型飛機，還有美國 F-4 幽靈式戰鬥機，這就是亞航的廠房。這家公司在臺南的知名度不高，許多臺南人都不知道有這家公司，他卻是享譽國際的航空公司。

　　二次大戰結束，對日抗戰期間中美空軍混合團司令克萊爾・陳納德（Claire L. Chennault）來到中國，他目睹戰後的中國鐵公路以及水道遭到嚴重的破壞，短時間無法修復，更有不少地方沒有鐵公路可達，有為數眾多的人員需要返鄉，大量的物資待運送，他建議用空運解決此問題，於 1946 年 10 月在四川重慶成立中國善後救濟總署空運隊（China National Relief and Rehabilitation Administration Air transport, CNRRA Air Transport, CAT），從事包機業務。

　　二戰期間，克萊爾・陳納德先後率領中國空軍美國志願援華航空隊（American Volunteer Group, AVG），這是官方名稱，俗稱飛虎隊（Flying Tiger），美國陸軍第十航空隊，俗稱「美國駐華空軍特遣隊（China Air Task Force, CATF）」，美國陸軍第十四航空隊（14th

Air Force），中美空軍混合團（China American
Composite Wing, CACW），又稱中美聯隊，協助中國
抵抗日本的侵略，所以民航空運隊的徽誌為一隻老虎，
左上方為青天白日，右上方為五角白星，它融合美國志
願援華航空隊的標誌與中印緬戰區的標誌，有傳承傳統
的意味。

　　全盛時期，空運隊在大陸各大城市設立五十個站與
辦事處，並在臺灣的臺北、臺中與臺南設立辦事處。
1948 年 1 月 1 日，空運隊改隸中華民國交通部民用航
空局，名稱改為民航空運隊（Civil Air Transport，簡
稱 CAT）。

　　國民政府退出中國大陸，CAT 將飛機飛到香港啟德
機場，上海虹橋機場維修廠的設備搬到購得的中字號
118 登陸艇與菩薩號平底船上。登陸艇從艙面到艙底共
有七層，利用四萬四千平方公尺的面積，設立各類工廠
與醫務室以及印刷工廠，人員居住處，它是個工廠；
菩薩號平底船載運各類航空器材，是倉庫，為登陸艇提
供後勤支援。這兩艘船於 1949 年 3 月 14 日由上海駛
往廣州，同年 9 月 2 日由廣州駛往香港，同年 12 月 15
日由香港駛往海南島三亞，1950 年 1 月 18 日由海南島
三亞駛抵高雄，停泊於高雄港十三號碼頭。

　　1949 年，向空軍租用臺南機場旁一塊地，設立維修

基地。維修人員每天需從高雄到臺南機場，從事飛機維修的工作。這兩艘船等於海上浮動的飛機維修廠，前亞洲航空公司業務發展處營業推廣部專員程柏光先生說：「這應是世界上僅有的海上浮動飛機維修廠。」並將照片給我看。

　　1950 年，民航空運隊隨國民政府遷到臺灣。同年 2 月，民航空運隊首次以 C-46 型飛機飛行臺灣島內航線。太平洋戰爭末期，美軍對臺灣實施戰略轟炸，臺灣的產業受到嚴重的摧毀，尚未復原，臺灣陷於經濟困頓中，乘坐飛機的人有限，1950 年前三個月就虧損六十七萬一千美元（林博文，2009：178）。程柏光表示，CAT 每月虧損，面臨破產邊緣。

　　1950 年代到 1970 年代，從朝鮮半島到中南半島，民主陣營與共產國家在這個地區較勁，美國是民主國家的領導者，它急於在東亞找個立足點，但又無法明目張膽的介入，民航空運隊為美國人克萊爾・陳納德創立，該公司面臨嚴重的財務危機，給美國一個機會。1950 年 8 月 23 日，一位銀行家李查・杜恩（Richard P. Dunn）代表美國中央情報局（Central Intelligence Agency, CIA）與民航空運隊簽下最後的協議買下民航空運隊，這是秘密交易，CAT 成為 CIA 的一個單位，開始執行 CIA 交付的任務，自此以後，CAT 宛如 CIA 在東南亞的秘密空軍，這個空軍是運輸部隊，總部設在

臺灣，平常它的飛機從事客運飛航業務，必要時它會執行軍事任務。美國中央情報局接手後，為避人耳目，仍然由克萊爾·陳納德擔任董事長，但他已無實權。在韓國戰場與中南半島，都可以看到漆著 CAT 標誌的飛機載運人員或物資，往返於戰區間。

　　1955 年 3 月 1 日，民航空運隊改組，將其客運與維修部門分家，美國又有一個機會，其客運部門從交通部獨立出來，成立民航空運公司（Civil Air Transport, CAT），美方持股 49%，中華民國政府持股 51%，從事航空客貨運業務；維修部門成立亞洲航空公司（Air Asia Co. Ltd. 簡稱亞航），民航空運公司與亞洲航空公司都成為美國中央情報局旗下的子公司，兩家公司的董事會不同，互不隸屬，但是共用維修基地，員工互用，此種組織結構相當特殊。由於亞航的美國背景，美軍協防臺灣期間，選擇臺南基地為重要的駐點。

　　1961 年越戰爆發，亞洲航空公司承接美國在遠東地區所有軍用飛機定期維護與保養以及戰區受損飛機修復的任務，源源不絕的業務量，帶來龐大的商機，亞航不斷擴建廠房，員工需加班趕工，成為遠東地區首屈一指的飛機維修中心，東南亞的戰火，燒得亞航的業務蒸蒸日上，燒出亞航的黃金歲月。

　　1963 年，亞航購買臺南空軍基地旁的土地，興建的

維修廠房落成，維修設備才搬到陸上，結束海上浮動飛機維修廠的歲月。

　　1953 年 8 月，在臺南市新生街（現永福路）102 號成立民航同仁聯誼會，是三層樓建築，底層為休憩室，有吧檯沙發，後面有廚房與理髮部，二樓為交誼廳，每個月在此舉行賓果與舞會，三樓有兩座撞球臺。1957 年，購買五妃街五十七號與健康路二六四號間的土地，設立民航同仁聯誼會，設有籃球場，原址做為單身員工宿舍。面對健康路體育場入口，左側的巷子是民航空運公司的美籍員工宿舍，紅瓦屋頂，每家都有院子，這裡的風貌與外面不一樣，一般稱這個社區為小美國。1968 年 4 月 1 日，亞航成立職工福利委員會，民航同仁聯誼會由職工福利委員會下的福利社接管，將籃球場改建為游泳池與兒童游泳池。1970 年 8 月，在鄰近五妃街這邊設立夜間籃球場。

　　1975 年越戰結束，美國勢力淡出中南半島，民航公司的法人股東美國太平洋航空公司決議解散民航公司，民航公司結束營業。同年 1 月 31 日，亞洲航空公司的後臺老闆，美國航空公司將股份轉讓給美國怡新系統公司（E-Systems Inc.）。同年 8 月 CAT 董事會決定解散。

　　1979 年 1 月 1 日中美斷交，漆有美國國徽的飛機，

都不能在臺灣落地，亞航的業務一落千丈，公司大量裁員，員工人數減至三百人左右。1987 年 7 月，美商專修飛機引擎及組件的精密空用動力公司（Precision Airmotive）接手亞航。

1988 年 4 月，臺南立旻電鑽公司負責人陳景德買下亞航，這是亞航第一次由國人掌權。立旻電鑽公司對航空工業是外行，大家感到奇怪，與航空無關的公司為何會買下亞航？立旻電鑽取得亞航所有權後，將亞航的一半土地，與市區內的俱樂部、總經理官舍，全部變賣，大家恍然大悟，立旻電鑽看上亞航的土地。1994 年底，孫道存的臺翔航太公司買下亞航，亞航成為臺翔航太公司旗下的子公司。

住在水交社的程柏光，從亞航退休後，將亞航的資料，分類放在一個個黃色紙袋中，一個書櫃擺滿這些資料袋，他辦了《亞航老友》雜誌，為亞航退休人員開闢一塊園地，他不斷從紙袋中拿出一份份亞航資料，向我述說亞航的故事，他指著《亞航老友》中的照片說：「亞航的標誌有更動。」最早的標誌是一隻老虎，虎頭上方是青天白日，尾巴上方是一顆白星，它融合美國志願援華航空隊的標誌與中印緬戰區的標誌，有傳承傳統的意味，最後演變為青天白日旗與 CAT 三個英文字，表示這家公司與環境的關係，他對亞航瞭若指掌，是永遠的亞航人。

　　我在亞航的史料館裡看到一張 F-4 幽靈式照片，其進氣孔漆著白色的臺灣地圖，地圖上方有一面青天白日旗，照片下方有一行小字寫著：「1979.12. 交付最後一架 F-4」。帶我參觀的人帶我到修護棚廠，說：「這是日據時代的棚廠。」棚廠裡停放幾架待修的飛機。

　　現在的亞洲航空公司，它的所有權已轉移到國人手中，廠房面積大為縮小，它積極的在原本擅長的航空工業領域中，重新定位自己，尋找生存空間。現在經過省道，在臺南空軍基地南側，看不到維修的飛機，而是貨運公司的貨運卡車，這家公司的國際光環已褪色，過去的日子一去不復返。

參考文獻：

· 　林博文，2009。《1949 石破天驚的一年》。臺北市：時報文化。

· 　翁臺生，1991。《CIA 在臺活動秘辛：西方公司的故事》。臺北市：聯經。第二、十章。

· 　黃孝慈，2012。《中華民國飛機百年尋根》。臺北市：高手專業。

· 　Weiner, Tim 著，杜默 譯，2008。《CIA 罪與罰的六十年（Legacy of ashes: The history of the CIA）。臺北市：時報文化。

（傳記文學第 635 期，2015.4.；2023.1. 修訂）

一架空運隊的 C-46 運輸機在加油，機首空運隊的標誌融合美國志願援華航空隊的標誌與中印緬戰區的標誌，有傳承傳統的意味。資料來自：www.catassociation.org/ 檢索日期：2014.8.3

CAT 的中字號 118 號登陸艇。Flexi Smith 拍攝。資料來自：www.catassociation.org/ 檢索日期：2014.8.3

臺南亞航修復的最後一架飛機，機身上有我國國旗與臺灣地圖。

亞航的活字典程柏光翻閱資料敘說亞航故事。

南區隆隆的機聲

古都府城只有南區才聽得到隆隆的機聲。

清晨，天空出現魚肚白，臺南機場爆出隆隆的引擎聲，這個聲音小了之後開始移動，之後夾雜著尖銳的呼嘯聲，從水交社上空飛過，F-86 時代，飛機飛過水交社上空時較低，直到民生綠園上空才左轉，F-5E 時，導航系統進步，飛機飛經水交社時已相當高，而開始左轉出海。

1896 年，日本佔領臺灣後，認為航空是聯絡這個島嶼最方便的方式，積極開闢臺灣到日本的內臺航線與環島航線，臺南距馬公約九十六公里，這個距離短，若能開闢臺南到馬公的航線，就能完成環島航線，1937 年，日本政府選擇臺南南方約五點五公里的新豐郡永寧庄鞍子及十三甲桶盤淺公墓修建飛機場。法華寺創辦人李茂生的墓就在這裡，法華寺的人將李茂生撿骨放在法華寺的靈骨塔。日本習慣將墳墓推平，利用公墓修建飛機場，一位零式戰鬥機飛行員小福田浩文駐防海口，他發現這個機場非常開闊，沒有障礙，離海港與市區不遠，他閒暇時到機場邊緣散步，看到滿地都是人骨（小福田皓文，1998），才知道這裡原本是一個廣大的公墓。

完成遷墓作業後，1937年1月30日破土，邀請陸軍屏東第八飛行聯隊長川添長太郎，陸軍嘉義第十四飛行聯隊長尾關一郎，臺南州知事川村直岡等人出席破土儀式。同年5月底完工；6月1日取得飛行場使用許可；這天一架日本航空株式會社派中島機前來試飛，臺南州知事川村直岡率員前往歡迎；同月27日正式開幕，陸軍派九架戰機臨空致意，這是民用機場（杜正宇，2012）。

1937年9月21日，開設臺南、馬公間航空二等郵路，每週三回（星期二、星期四、星期六）。早上十點十分由臺南起飛，十點五十分到達馬公。十一點四十分由馬公起飛，十一點到達臺南。1938年4月1日，臺南馬公航線改為早上九點三十分自臺南起飛，十點十分到達馬公。十點二十分由馬公起飛，十一點到達臺南。十一月六日，再改為早上十點四十分由臺南起飛，十一點五分到達馬公。十一點四十分由馬公起飛，十一點十五分到達臺南（張炳楠監修，1969：293-294）。全程九十公里，需時四十分（曾令毅，2012）。

由於中日戰爭的緣故，1940年3月1日後，改為軍用機場，由日本海軍航空隊進駐，機場不斷擴建。臺南飛行場做民航機場的時間不到三年；這個機場現在為臺南空軍基地。

1941年（日本昭和16年）10月1日，在此成立臺

南海軍航空隊，隸屬第 23 航空戰隊，主要使用零式戰鬥機。1941 年 12 月 8 日，44 架臺南海軍航空隊的戰鬥機掩護日本海軍的轟炸機群，越過巴士海峽，攻擊位於菲律賓島呂宋的克拉克美軍基地，空中擊落美機 13 架，地面摧毀 35 架，幾乎摧毀美軍的航空兵力；臺灣與菲律賓呂宋島的距離約 320.2 公里，自臺南機場到攻擊目標的距離遠達 720 浬，這段距離已遠超越美國戰鬥機的航程，這次零式戰鬥機跨海遠距離攻擊美軍基地，出乎美軍的意料之外。

日據時代，日本海軍航空隊使用這個機場的資訊幾乎沒有，我從另一位零式戰鬥機飛行員坂井三郎的《荒鷲武士》中知道，當年他駐防在臺南機場，1941 年 12 月 8 日早上，他護航轟炸機轟炸菲律賓，一架轟炸機起飛時，起落架折斷，飛機在跑道上打轉，起火燃燒，並引爆機上的炸彈。

1944 年 12 月 1 日，臺南基地做為神風特攻隊的訓練基地。1944 年 12 月 5 日，臺灣第一批神風特攻隊完訓，共有隊員 113 名，特攻機 73 架（鍾堅，1996：231）。1945 年（日本昭和 20 年）1 月 18 日，下午五時，海軍中將大西瀧治郎在臺南航空隊，將臺灣神風特攻隊命名為「神風特攻隊新高隊（豬口力平、中島正著，1968：216；Barker, A.J.，1995：112；黃孝慈，2012：124）。日本稱玉山為新高山，故採用「新高」做為隊名。

　　1945 年初，駐防在越南西貢第 50 戰隊的四式戰鬥機二十架調至臺南，專門擔任神風特攻隊的護航任務，有「監軍」的意味，他們不准迎戰美機（黃孝慈，2012：124）。二次大戰結束後，這批四式戰鬥機由我空軍第 22 地區司令部接收，撥交給第六大隊第十八及十九兩中隊（黃孝慈，2012：124）。

　　太平洋戰爭末期，美軍對臺灣實施戰略轟炸，臺南落彈量為 1,860 噸，次於新竹與高雄，位居第三（林樹等著，1997）。太平洋戰爭末期，日本人在機場附近建立鋼筋水泥鐘狀的防衛碉堡，約兩層樓高，牆上有幾處槍孔，頂端凹下去可以架設機槍，這些碉堡很堅固，現在還可以看到。

　　抗戰勝利後，國民政府的重點在大陸，臺灣所有機場都閒置著。1949 年政府撤退到臺灣，開始在各機場佈置軍機。依據 1949 年 9 月，《空軍保衛臺灣計畫兵力部署》，八大隊一個中隊的 B-24 駐防臺南。

　　1945 年派來臺灣擔任接收工作的羅尊三，空軍飛行士校四期（空軍官校十五期特班），表示臺南機場有不少日本飛機，倉庫裡堆滿罐頭，他將零式戰鬥機送南京，九九雙發動機教練機由日籍地勤人員修護後，做聯絡機使用，他多次駕此型機往返臺北與臺南間（華中

興，2002）。王兆辭，父親是接收團隊成員，臺灣一光復就來到臺南，分配到水交社的房舍，他告訴我，父親曾搭乘日本飛機到臺北出差。吳秀敏，母親在日據時代從臺南移居廈門，她在廈門出生，1949 年，她從廈門搭乘最後一班飛機離開廈門，在臺南機場降落。

1948 年 11 月 9 日，八大隊三十三中隊的吳達波飛B-24 982 號機來到新竹機場，他從空中下望，機場上滿是彈坑。三年來，美軍轟炸的彈坑都未填平，因為政府的重點在大陸，臺灣沒有安全上的顧慮，而未整理日軍留下的機場。吳達波在空中逗留一個多小時，選擇狀況較佳的地方著陸，著陸時，跑道不平，飛機激烈顛簸（林樹等著，1997：63）。新竹機場如此，落彈量居第三的臺南機場也好不了多少。

臺灣光復後，八大隊有一中隊的 B-24 駐防臺南機場（王俊昌、陳亮州，2010）。擔任飛機修護的趙雲芳，於民國 38 年到臺南基地時，臺南基地是 207 基勤大隊駐防。第八大隊是空軍唯一的重轟炸機部隊，配備四具螺旋槳發動機的 B-24 解放式重轟炸機，駐防新竹，重轟炸機在滿油箱滿載的情況下，需要較長的跑道，新竹機場的跑道太短，執行轟炸上海的 B-24 都是空機從新竹起飛，在臺南落地，加油掛彈後，前往執行任務。1949 年 8 月 27 日 6 點，新竹八大隊三十三與三十四中

隊各派兩架 B-24，空機從新竹飛到臺南，加油掛彈後，
出擊舟山群島。領隊張蜀樵少校，官校八期，三個機組
分別為秦龍藻、劉牧雲，另一個機組已無人記得。同日
9 點起飛，一號機張蜀樵起飛後，馬力不足摔在跑道頭，
二號機劉牧雲起飛後，在空中看到，摔在跑道頭的領隊
機漏油引起炸彈爆炸，這個任務取消，劉牧雲將炸彈投
在外海飛回新竹。1950 年 5 月 11 日夜，八大隊大隊長
李肇華上校率兩架 B-24 轟炸機，於 19 點空機從新竹基
地起飛，在臺南基地掛彈加油後，飛往上海執行任務，
在上海上空，他被探照燈抓住，被蘇聯的烏克蘭飛行員
申卡連科的 MiG-15 擊中，飛機在空中爆炸，化成一團
火球，墜落於浦東，機毀人亡。僚機看見長機被擊落，
知道事不可為，在海上拋棄炸彈返航。

　　1953 年，臺南機場負責接受 F-84G 雷霆式噴射戰
鬥機，駐防在臺中水湳機場的一大隊轟炸機的零件補充
不易；4 月，將一聯隊（1952 年 12 月改為一聯隊）調
到臺南接受 F-84G 雷霆式噴射戰鬥機，臺南基地成為
噴射戰鬥機的訓練基地，各飛行部隊輪流派飛行員到臺
南學飛噴射戰鬥機。美國也在臺南基地挑選 U-2 飛行
員，爸爸告訴我，有一段期間，有飛行官調來臺南基地
擔任行政工作，實際上他們沒有行政業務，一段時間，
這些人調走之後，他才知道這些人是飛 U-2 的。

在美國接受噴射戰鬥機的飛行員，看過美國空軍雷鳥小組的特技飛行表演，他們回來後，利用臺海偵巡回來經過七股時，利用鹽田的格線練習特技飛行，經過聯隊長苑金函的批准，成立雷虎小組。他們數度參加菲律賓國際航空週的飛行特技表演，並應美國邀請，參加世界航空會議以及軍人節的飛行表演，為臺南基地平添精彩的一頁，郵局發行一套三枚的雷虎特技郵票做紀念，同樣的，愛國獎券也使用雷虎小組做圖案。

一聯隊參加臺海戰役，數度與米格機接戰，羅化平與臧錫蘭幾位住在水交社的飛行官，有擊落米格機的記錄。

1951 年美國前國務卿約翰·杜勒斯（John F. Dulles）提出島鏈理論（Island Chain Strategy），認為西太平洋一連串的島嶼對中國大陸形成包圍態勢，而且是雙包圍態勢；第一島鏈北起日本群島、琉球群島，中接臺灣島，南至菲律賓、大巽他群島；第二島鏈北起伊豆群島，經小笠原諸島、火山列島、馬里亞納群島、帛琉群島。若美國與這些島鏈國家建立良好的關係，可以對中國大陸構成圍堵的態勢。臺灣位於第一島鏈的中央位置，具有地緣關係上的重要性。1954 年 12 月 2 日，臺美兩國簽訂《中美共同防禦條約》。臺南基地的設施完備，旁邊有美國人的亞洲航空公司，且被美國中央情

報局祕密買下，負責飛機維修工作，因此臺南基地成為美軍重要的駐防基地。1955 年 1 月，美國派戰鬥機 F-86F、F-86D 輪流進駐臺南機場，空軍官校二十一期，住在水交社的葉富根告訴我，他的 F-86 多次在空中碰到美軍的 F-86，雙方都會較量一番；空軍幼校三期，官校二十九期，住在水交社的唐毓秦告訴我，美國海軍也有飛機駐在臺南基地，主要是偵察機。1957 年 5 月 7 日，美國在臺南基地佈署可以攜帶核子彈頭的屠牛式飛彈（Matador），直到 1974 年 7 月才撤走。1965 年起，美軍使用 EC-121D 空中預警機執行「大眼計劃」，為轟炸北越的轟炸機群執行雷達預警與空中戰管任務，將第五五二空中預警與空中戰管聯隊的五架 EC-121D 空中預警機，以及一百位後勤支援人員，從加尼福尼亞州的 McClellan 空軍基地調駐臺南機場，臺南機場成為預警機的總部。美軍協防臺灣這段期間，臺南基地披上一層神秘的面紗。

臺南基地的中正堂完工後，星期六晚上放映電影，眷管所透過播音器廣播，中正堂今晚放映電影的名稱，幾點鐘在什麼地方有軍用卡車接送，通常是兩部，想要看電影的在指定時間與地點上車，到了臺南基地，軍用卡車停在臺南基地大門外側道路旁，我們下車，直接走進臺南基地大門，到大門旁的中正堂看電影，此時，警衛不檢查證件。道路旁停放六七部天藍色的空軍大卡車。我們下車前會記下車號，以免看完電影後上錯車。此後，一聯隊不必派中吉普到各眷村播放電影，中正堂

結束眷村露天電影時期。

臺南基地位置偏僻，四周空曠，放眼望去是一大片一大片的田，看不到房子。現在的臺南基地，四周都是房子，難以看到田，三十多年來，臺南市區擴張的腳步踩踏到這裡，它成為市區的一部分。大同路上房子接著房子，鄰近臺南基地北側時，有一條岔路，進入右側道路，道路右側是臺南基地的圍牆，上面圍繞著鐵絲網，左側是住家與商店，這裡居然出現成排的商店！過了臺南基地大門，中正堂仍在，停放軍用卡車的地方未變，再往南走，可以看到臺南基地內幾座鐘形碉堡仍在。林越華，當年她在美軍基地當秘書，我問她：「有沒有看到日據時代的碉堡？」她點點頭，說：「有。美軍基地的房舍都是從美國運來的建材興建的，完全美式風格。」我說：「當時是美國國力最強的時候，所以有能力這樣做。」美軍基地的房舍不是紅磚水泥的建築，而使用輕便建材，牢固又易於拆卸，所以美軍撤離後，這些房舍很快被拆除，未留下痕跡；開元路美國學校也不例外，所以美國學校沒留下一棟建築，甚至連遺跡都難找到。

我騎機車經過臺南空軍基地，看到上面架著鐵絲網的圍牆內的這幾座鐘形碉堡，那是日據時代興建的防空機槍堡，地下層為物資與彈藥存放處，第一層為砲臺，第二層則是槍孔或是機槍臺，頂層凹下去為防空砲，它

們靜靜地趴在這裡，它們是歷史的橋樑，等待人們來探索。

不遠處不時傳來隆隆的機聲。

臺南空軍基地日據時期的碉堡。

參考文獻：

· 王俊昌、陳亮州，2010。《進退存亡：民國 38 年前後軍事檔案專輯》。臺北市：檔案管理局。

· 小福田皓文 著，廖為智 譯，1998。《指揮官空戰記：一位零戰隊長的經歷》。臺北市：麥田。

· 杜正宇，2012。〈日治下的臺南機場〉。《臺灣文獻》，創刊號。

· 林樹等著，1997。《新竹市眷村田野調查報告書》。新竹市：新竹文化。

· 張炳楠監修，1969。《臺灣省通志卷四經濟志交通篇》。臺北市：臺灣省文獻委員會，第 293 - 294 頁。

· 曾令毅，2012。〈殖民地臺灣在日本帝國航空圈的位置與意義：以民航發展為例（1936-1945）〉。《臺灣文獻》，63：3。

· 華中興，2002。〈高雄岡山空軍眷村移民的考察〉收錄於黃俊傑計畫主持《2002 年高雄研究學報：（2001）高雄研究研討會論文集》。高雄市：春暉出版社。

· 黃孝慈，2012。《中華民國飛機百年尋根》。臺北市：高手專業。

· 猪口力平、中島正著，謝新發譯，1968。《日本神風特攻隊》。臺北市：正文書局。

· 鍾堅，1996。《臺灣航空決戰》。臺北市：麥田出版，城邦發行。

· Barker, A.J. 著，祖純譯，1995。《神風特攻隊：日本自殺武器（Suicide Weapon）》。臺北市：星光。

（鹽分地帶文學雙月刊 98 期 2022/05 月號；2022.8. 修訂）

崇誨新村

出了東門城往東走，道路兩旁種植著鳳凰樹，夏天兩邊鳳凰木的樹枝在道路上空交錯，形成一條林蔭隧道，約三百公尺左右，右邊是農業改良場，左邊有一棟三立面兩層樓，牆壁有精美雕飾的樓房，中間山牆上有一個向外凸的圓形標誌，上面有一個字「許」，這棟房子興建於 1930 年代，是曾擔任過第一屆臺南市參議會議員許嵩煙的住家，往東走約二十公尺，左邊有一條約一個車身寬度的巷子是衛國街，進入衛國街，經過永順火柴場，可以看到長榮中學紅色的圍牆，約一百八十公分高，順著牆東走，右邊是一大塊空地，靠路的一邊種著一排木麻黃，樹上常吊著死貓，路的盡頭是陸軍八一三醫院的大門，而後左轉，順著牆北走，之後右轉，右邊是空地，左邊是一小排店鋪，有我常去理髮的秀髮理髮店以及老孫的饅頭店，之後經過約一個車身的小巷道，進入崇誨新村。

衛國街進入崇誨新村，北側是崇誨幼稚園，南側是垃圾場，後來清除垃圾場，蓋了一排三間的紅磚水泥房，眷管所出租做店面，東側是崇誨菜場，這個菜場現在還在，菜場北側是一個小廣場，早上小廣場擺著菜攤。下班卡車會在菜場前面的小廣場停車供人下車。小廣場北側是一個水泥康樂臺，康樂臺後面是眷管所，眷

管所是村子的活動中心，裡面有好幾份報紙，夾在木製桌子上，我常在這裡看報。村子在這個廣場舉辦各種活動，每隔一段期間，空軍一聯隊的中吉普來這裡放電影，在康樂臺北側豎立兩根竹竿，掛上白色布幕，眷管所廣播放映電影，大家拿著小板凳坐在廣場上看電影，有人坐在布幕後面，電影的影像是相反的，風吹來，布幕向前向後凸起，銀幕上的影像跟著扭曲，放映的都是黑白片，大多數是中國電影製片廠的影片。後來眷管所在小廣場的東西側各搭建一個籃球架，這個廣場又成為籃球場，村子裡的父親組成「老爺隊」，在這裡籃球比賽。

菜場東側約十公尺處有一個約二十公尺的巷道與大馬路垂直，這個巷道兩旁是商店，是崇誨新村的商店街，是崇誨新村本省人居住的地方，在這裡可以聽到閩南語。我一個勝利國小同學洪坤亮的阿媽在這裡開一間雜貨店，每年除夕下午我去那裡買鞭炮，她都會包個小紅包給我；她的親戚在隔一兩間店面處開另一家雜貨店，這家一位小孩與我也是勝利國小同學叫蔡志明。後來，店家東側先後開了兩家冰果室，分別是天山冰果室與大象冰果室，是退伍士官運用軍中專長開設的，當年沒有月退俸制度，軍人退伍後須自謀生活。這兩家冰果室當中是一個長方形大水池，牆壁上有一條條粗的，外面結霜的水管，房間裡馬達的隆隆聲不絕於耳，整個房間涼涼的。有人騎腳踏車，後架放著一個長方形的木

箱，木箱上蓋著厚厚的油布，箱子裡裝著冰棒，在村子叫賣。

後來，這條短巷道與大馬路垂直的大馬路北側，開了另一家雜貨店，這家店的家長是陳雄飛，是空軍，每年除夕傍晚我會拿一個玻璃杯來買五毛錢高粱酒，給爸爸吃年夜飯喝，兩三次後，這個時間我一踏進陳家小舖，陳媽媽就會說：「你爸爸的酒我準備好了。」陳媽媽的兒子陳友安考上交通大學，全家搬到臺北內湖，我讀大學時，一個星期六晚上喝醉酒，第二天起來很不舒服，我撥個電話給陳媽媽，她說：「來我家吧！」我到她家，她指著桌上一碗冒著煙的陽春麵，說：「為你準備的，剛做好，趁熱吃。」

崇誨新村的眷舍分軍官與士官兩種。軍官宿舍位於眷管所後面，分為兩條縱列，房舍呈「田」字型，約有八組，東側一條縱列，約有十組，都是軍官宿舍，每家有自己的廁所，這些房子的牆壁都是竹子敷泥土，久了之後，泥土上面會有一條條細線，晚上隔壁的燈光透過來，牆上爬滿橘紅色線條；原本沒有圍牆，晚飯後搬張小板凳坐在門口，與對面鄰居聊天，那是沒有私領域觀念的時代，可以直接走進鄰居家裡，大家認為很快就會回去，這裡是暫居，一切因陋就簡，也不計較。

1950 年代下半葉，經濟情況稍佳，陸續有人買竹子

記述府城：水交社

回來，將竹子對剖，成為兩個半圓形，用鐵絲綁起來，將院子圍起來，成為竹籬笆，這三個字後來成為眷村的代名詞，家家戶戶開始圍起自己的私領域，於是兩家間的距離剩下一個半車把的寬度。

東側的軍官宿舍隔著一條一個車身寬度的道路，有一排排東西向的一條龍建築是士官宿舍，士官宿舍沒有廁所，在士官宿舍東側有一排公共廁所，兩條龍中間有抽水機，他們的用水是公用的，煮飯、洗衣服都在這裡，沒有自己的空間，再過去就是一大片甘蔗園。士官宿舍沒有空間可以搭建，他們不是全然束手無策，方法是人想出來的，有人在屋內天花板下面三分之一的地方，用木板隔一層做臥室，靠牆的地方搭個木製樓梯供上下，而增加房子使用的空間，我常去的晉家就是這樣，我對此種「樓中樓」感到很新奇。士官利用機場的木板箱打開，用鐵絲綁起，在房子後面圍出一個屬於自己的院子，這整片木板會向外傾斜，兩家間的距離只有一個車把的寬度，我們在這裡練習騎腳踏車覺得相當刺激，又可考驗技術，但是不小心，手一碰，整片木板牆就塌下來，此時會傳來大人的叫罵聲：「野孩子……！」。

每天早上七點，大馬路兩旁停著一排十輪大卡車，約七點二十分，一位退休的老士官劉爺爺敲著一只橢圓形的鐵筒，「噹！噹！噹！」宏亮的聲音響徹全村，之

後響起隆隆的引擎聲,十輪大卡車魚貫駛離村子,村子剩下婦女與小孩。

村子北側是一條大水溝,水溝北側是一大片果園,晚上可以聽到潺潺的流水聲,我曾將之想為《西遊記》裡花果仙水濂洞,真夠浪漫。後來知道,大水溝是柴頭港溪的末端。

大馬路東側有一個很大的圓形鐵筒,外面用鐵絲網圍著,應是水電設施,稱水電班。這個地方的南側,一片長方形的空地,空地上是一排排一條龍的建築,是士官宿舍,這一排排宿舍西側有一條馬路,馬路旁就是一排公廁。這片空地東側是一大片甘蔗園。

甘蔗園是我們的樂園,我們會在裡面找鳥窩;甘蔗收割後,我們用泥土塊炕窯,烤蕃薯,吃完蕃薯後用泥土塊打仗。

幾年前,郵局發行童玩郵票,有打陀螺、竹蜻蜓,好眼熟的東西,童年歲月躍然在郵票上,我們會在地上畫農夫與飛機圖案,用腳踢瓦片,玩跳房遊戲;將圓牌疊成一堆,指定其中一張為王牌,用手中的牌擊打這堆牌,打出王牌的是贏家,這堆牌都歸他;玻璃珠有兩種玩法,一種在地上畫兩條線,一個人將玻璃珠撒到最前面一條線前,指定一顆是王,大家蹲在後面一條線後,輪流用手中的玻璃珠砸那顆王,砸中的,所有玻璃珠都

歸他；另一種是在地上挖三個等距的洞，在第一個洞前
畫一條線，大家用手中的玻璃珠彈到洞裡，彈進洞的可
以再彈一次，也可以把附近的玻璃珠彈走。再過些時
候，我們開始玩兩條線遊戲，雙方人馬在村子裡互相追
趕，這個遊戲耗體力。讀初中後，每星期六晚上晚飯後
，我們幾個人到劉澂家下棋，這天晚上他家好幾堆人，
有下象棋、軍棋、西洋棋與圍棋。

　　民國七十年代崇誨新村拆除重建時，我已搬到水交
社，在臺北工作，而後出國留學，多年後有機會來到這
裡，看不到甘蔗園，一條四線車道的林森路切過長榮中
學圍牆，通到東寧路，這裡有一個公車站，站牌上寫著
「崇誨新村」四個字，旁邊一個小公園寫著「崇誨公
園」，這裡原本是幼稚園，陸軍八一三醫院已遷走，一
個熟悉的影子映入眼簾，崇誨菜場與前面的大馬路仍是
原樣，路旁一面綠色白字的路牌寫著「林森路二段」，
它從衛國街變成林森路二段，一棟棟樓房矗立在這裡，
成為崇誨國宅，暫居成為定居。

崇誨幼稚園　　崇誨幼稚園校園
資料來自：《臺南市志稿文教志》

二空行

　　季麟南在 Line 上傳來 1 月 23 日二空文化協會書寫
春聯與會員大會的邀請函，我回道：「是邀妳，不是邀
我，邀請函寄給妳。」

　　她回道：「我不用邀請函，我是總幹事，一定要協
助活動。劉國珠理事長今天上午對我說，一直想邀請
你。我把話帶到，謝謝。」劉國珠是二空文化協會理事
長。

　　幾天後，我從 Line 收到一封寫我名字的邀請函。
我跟劉國珠見過兩三次面，簡單交談兩三句話，我們不
熟。我 line 季：「我對二空陌生，無法幫劉理事長任
何忙。」我臺南空小有幾位同學住在二空，我去過二空
一次，它不是我的生活範圍，所以我對這個地方相當陌
生。

　　有水交社原住戶參觀水交社文化園區後，對我說：
「完全不像水交社，沒有眷村風味！」《全國眷村保存
文化聯盟》臉書上有這末一段話：「保留下的是日據時
代的大型校級軍官宿舍，沒有媽媽叫小孩的各省口音，
沒有各位叔叔伯伯的帶著鄉音的國語，沒有辛苦存錢增
建不搭調的新房間，以及眷村人在那個辛苦的年代，所

有的點點滴滴。」眷村的主角是第一代，他們在戰亂中生長、遷移，他們戲唱完下臺，象徵一個時代的結束，眷村改建，飄出「眷村文化」這個名詞，「眷村文化」聲浪中，似乎缺少些東西，啊！帶著鄉音的國語！眷村歲月隨著時代洪流的推移，愈沖愈遠，在轟轟的水流聲中，帶著鄉音的國語，與來愈微弱。第二代在臺灣出生，是臺灣人，即使在大陸出生，離開大陸時，年紀小，對大陸沒有印象，他們沒有戰亂與逃難的經驗，我認為第二代的功能是記錄。戰亂與逃難在第一代身上掀起壯闊的浪濤，這股浪濤化成水波，從第二代身上滑過去。

為瞭解「二空」這個地名，我雙手在鍵盤上滑動，跳出《維基百科》，而知道二空的起源有兩種說法，一說為這裏在日據時代是日軍航空隊的補給庫，是後勤單位，稱「二空」，臺南機場是作戰單位，稱「一空」；另一種說法是，臺灣光復後，這裡是空軍第二供應區部，簡稱「二空」。

距離 1 月 23 日有十天左右，我騎著小五十到這個陌生的地方探路三、四次。裕文路由東向西，西端有一個九十度的大轉彎，轉彎之後是自由路三段，這裡是臺南臺地東側，地勢高，臺南臺地是由東向西傾斜的臺地。自由路三段末端有一個下坡路段，與東門路三段交叉，過了東門路三段是自由路二段，這段路開始是上坡路段，末端的道路呈「T」形，直走是德昌街，西南向

的一條是自由路一段，這段路在與崇善路交界時結束，過了崇善路是另一個路名，生產路，西側有一個警察局，白色牆上寫著「崇善分局」四個大字，直走與崇德路交界處東側有一個公園，公園旁矗立一根白色柱子寫著「臺南市東區東智里」。這條路很特別，一條路分成三個路名，裕文路、自由路與生產路，易於產生錯覺，若從自由路一、二、三、四、五段排起，豈不簡單明瞭？從自由路一段左轉進入崇德路，這裡的巷道多，路旁豎立許多綠底白字的路標，都是崇德幾街的路牌，偶而夾著保華路幾巷的路牌，路牌顯得有點亂，在一個十字路口，左前方是 Seven-eleven，旁邊豎立一個較一般路標矮的綠底白字的路標，寫著「保華路」三個字，不注意真會錯過，「保華路」，「保衛中華」，眷村旁的道路有這個路名，正好反映眷村的性質。我右轉進入保華路，騎了約一百公尺，房子較稀疏，空地較多，我知道離市區較遠，右前方出現好幾棟樓房，心想：這是甚麼地方？路旁有一個紫色的公車站牌，我將機車靠近站牌，上寫著「二空新城」四個字，「哦！到了。」

那天，我到二空新城，將機車停在一棟樓房前，樓房上幾個大金字「二空新城 B 區」，樓房旁邊的鐵門是開的，我走進鐵門，迎面一棟白色牆壁的樓房上寫著三個字「閱覽室」，我走進去，裡面有兩張桌子個分別坐著兩個人在寫春聯，劉國珠忙著召呼人，我對她說：「這是我第二次來二空。」又說：「這裡的事我幫不上忙。」

我問劉：「二空應該是臺灣光復後才有的，應該沒有日據時代的建築。」她說：「對！但是這裡在明清時代就有了，那時的地名是『牛稠仔』，前面那條路是臺南南下的要道，有座朝玄宮，是過往客旅的休息站，有兩口井，一口給人用，一口給畜牲用，稱『二空』，這個名稱與水源有關。」

我聽過「牛稠仔」這個地名，印象很模糊，於是我到圖書館查閱陳正祥的《臺灣地名辭典》，記載：「牛稠子：小村，在臺南市東南 3 公里，飛機場正東。」又查閱施添福總編纂的《臺灣地名辭書臺南縣》記載：「牛稠子，早期為飼養黃牛之地。」《臺灣地名辭書臺南縣》以及宋義祥和鍾和邦主修的《仁德鄉志》，記載：「1940 年（昭和 16 年），廢牛稠子，歸仁德庄。1958 年（民國 47 年），牛稠村改名為成功村。1963 年（民國 52 年），軍眷區二空新村脫離成功村獨立為仁和村。1970 年（民國 59 年），仁和村分出為仁愛村。」又記載：「牛稠子為一史前遺址。」我從谷歌輸入「牛稠子」三字，《維基百科》出現〈牛稠子文化〉款目，知道這裡是三千五至五千年前，新石器時代的遺址，這個時間與中國的夏朝，公元前 2020 至公元前 1600 年差不多，沒想到可以追溯這麼久遠的年代；我從楊昇展的《南瀛眷村志》中知道，這裡是一大片飼養黃牛的草地；黃牛在臺灣的歷史很久，西元六世紀、約我國歷史上隋、唐時代移入，荷蘭時期又從印度引進，主要是耕牛。我總算對二空稍有概念。

　　劉拿一本《全國眷村攝影比賽暨二空文物影像展》說:「這本書送你,我們今年還會舉辦,歡迎你參加。」我說:「我已跟季講過,我的照片都是隨手拍,目的在做記錄,不適合參加攝影比賽。」「那沒關係,我們的目的在保存記錄。」我隨手翻了翻,裡面有些時間久遠的黑白照片,彩色照片也有相當時間,照片中景物都已不存在,過往的日子用這種方式保留,這是眷村第二代的「記錄」功能。

　　季在一旁跟我說:「喻麗華有好幾張照片是人家的,被我發現,我把她的名字刪除,換上原攝影者的名字,這個人就是喜歡用人家的作品。」季翻開那本書,指著幾張照片,照片下的名字是「郭堯山」,說:「他沒有參賽,喻用他的照片參賽。」

　　喻麗華,博士學位,臺南大學副教授,那時博士學位以副教授起聘,她當一輩子副教授,未能升等。她習慣盜用人家的作品,已出了名。尊重著作權是大專教師必備的知識,喻一輩子在大學教書,居然沒有著作權的概念,令人匪夷所思,上帝太眷顧她了!!

　　當年,我們都參加水交社文化工作室,後來成為水交社文化學會。喻向行政院文化建設委員會申請眷村社區文史資料蒐集計畫通過,題目為《凌雲御風雷虎情》,

遲遲無法整理出報告結案，我善意的，不拿任何酬勞，提供幾篇文章協助她結案。書籍印刷出版後，我發現我的姓名從篇首移除，文章中插入幾段文字與圖片，我多次跟喻講，這是侵犯著作權，要求回復文章原貌，喻語氣堅定地説，這是編輯權。有一次，我說：「文章是作者最大。」喻和朱戎梅説：「編者最大，這是編者的權力。」我心想，著作權法就沒有「編輯權」這幾個字，而且編輯權是編輯刊物，不是編輯人家的文章。

為維護我的著作權，我在不得已的情況下，先臺南地方法院提出訴訟，以後又向智慧財產法院提出訴訟。《臺灣臺南地方法院民事判決 99 年度智字第 8 號》的判決很奇怪，列述如下：

判決書第 5 頁：
「二、被告則辯以：
（二）原告原非水交社之文化工作室之成員、然對於本件工作極為熱情，除多次參與文化工作室之會議討論外，並於 98 年 1 月間，提供標題為「水交社」、「空軍 443 聯隊」、「雷虎小組」等篇之字稿以協助本專輯之製作。而原告以此一專輯之標題「參、水交社的起源與生活環境」、「肆、空軍 443 聯隊—雷虎小組的搖籃地」、「伍、雷虎小組的故事與表演記實」係採用伊所提供之文稿，卻未於各篇之首標示其為著作人，且內容

亦遭被告修改割裂，侵犯原告之著作人格權，乃提起本件賠償之訴，惟：」

我是水交社文化工作室成員，怎說我不是水交社文化工作室成員？說這句話的人有邪惡的動機，不誠實，對法官說謊，企圖誤導法官。

判決書第 9 頁：

「1. 系爭書籍製作之方法為資料文圖之彙整編輯，對圖文提供者均在段落末予以標明姓名，原告主張之「水交社的歷史淵源」、「空軍 443 聯隊—雷虎小組的搖籃」、「雷虎小組的故事」三篇文章亦分別於段落末處標明原告知姓名（系爭書籍第 4 頁、第 8 頁、第 12 頁、第 13 頁、第 14 頁、第 17 頁）。況在系爭書籍封面已列原告為副主編，在致謝文中並已說明部分資料及照片係由原告提供並執筆。衡諸常情，一般期刊雜誌通常會於文首或文末標示著作權人之姓名，系爭書籍表示原告係著作權人之方式係屬通常且合理之方式。」

將我列為副主編，事先未徵求我的同意。作者姓名在文首、文末、致謝文、作者列為副主編，意義不同，判決書等同視之。哪一份刊物如上所述？此種方式是「通常且合理的方式」，請拿出例子。

判決書第 11 頁第三段中：

「原告業已分別於 98 年 2 月、5 月間將「雷虎小組的故事」、「水交社歲月」投稿且登載至「中華民國的空軍」月刊，故商業價值亦屬有限，該等著作經被告利用後之潛在市場與現在價值之影響非鉅，從而被告合理使用原告之著作，不構成著作財產權之侵害，應可認定。」

我的疑問：第一、《著作權法》未規定以文章的商業價值衡量是否侵害著作權；若以稿費論斷文章的商業價值，再據以論斷是否侵害著作權，一般稿費都不高，《著作權法》可以廢止了。第二、稿費是出版社答謝作者的投稿，不能據以衡量文章的價值。第三、法官的職責不在評判文章的價值。第四、「合理使用」與文章的商業價值無關。應該，先論斷有無侵犯著作權，若有侵犯著作權，賠償時可以考慮文章的商業價值。

《智慧財產法院民事判決 100 年度民著上易字第 2 號》判決與《臺灣臺南地方法院民事判決 99 年度智字第 8 號》一樣。

黃源謀，臺灣大學法律系畢業，我把《智慧財產法院民事判決 100 年度民著上易字第 2 號》判決書給他看，他沉默一會兒，說：「這位法官我認識。」又說：「人

家有大頭銜,你說頭銜重不重要?」

　　我將《智慧財產法院民事判決 100 年度民著上易字第 2 號》判決書給陳昱良律師看,他說:「判決不合理,若送到一審,可能不是這樣。」沉默一會兒,說:「法官混淆編輯權與著作權。」又說:「編輯權是編輯書籍,不是編人家的文章。」他沉思一會兒,搖搖頭,說:「作者的名字放在篇首與文末是不一樣的,在文末像引用文獻,編輯不能把人家的文章編輯成引用文獻。」又說:「在法院,沒人講『誠信!』哈哈!」他再翻一下判決書,指著第 3 頁說:「《手工藝極棒》是文圖資料,這兩本書不能相提並論。」我跟陳律師說:「打官司是時間成本相當高的事,這幾篇文章我送給喻,以後我的文章會寫得比這幾篇要好,我做到了。」司法的公正是遙不可及的理想。

　　十幾年來,每隔一段時間就有水交社拆遷的風聲,之後,停止了,一段時間後又響起,都是雷聲大雨點小。民國九十年,這個風聲又響起,這次不僅雷聲特別大,好像風雨欲來風滿樓的樣子,有人開始清理東西搬家。有一次,我到里長王安國的里長辦公室,看到辦公室一角放著舊的煤油爐等東西,王安國指著這些東西跟我說:「這些都是住戶清理出來的東西。」我說:「這些

東西我家都用過。」我心想：你蒐集這些東西幹嘛！？

爸爸在清理東西，他説：「這些東西擺在家裡多少年都未用過，趁著這個時候清出去，家裡的東西太多了。」有一次，他從外面回來對我説：「我剛丟出去的幾本相簿，一下子就不見了，那些照片很舊，有誰會蒐集別人的舊照片？」我不知道爸爸把那三本相簿丟掉，我發現碗櫃裡，幾個大口矮玻璃杯，杯身上有空軍幼年學校校徽以及空幼校長周石麟名字，全不見了，我開始蒐集丟棄的東西，成為爸爸往外丟，我蒐集的局面，爸爸對我説：「我就想不透，你蒐集這些東西有什麼用？」

永康的金冠宏里長蒐集這些東西，他成立「南瀛眷村文物館」，我好奇去他那邊幾次，一間不大的房子擺滿了東西，他還購買。一段時間後，才冒出「眷村文物」這個名詞，沒想到拆除眷村，這個社會增加一個新名詞。金冠宏里長利用他的蒐藏做了幾次展示。民國 107 年，他以「她的容顏」為主題，在德光女中辦眷村文物展；民國 108 年，以「逆旅一九四九」為主題，在臺灣文學館辦眷村文學展。在展廳，我遊走這些文物間，過往的眷村時光，透過文物在眼前晃動，我走出展廳大門，過往時光頓時消失，是夢？是幻影？

　　約在民國 90 年，水交社興中里里長王安國說，要辦眷村年貨大街。我心想：王安國，你的點子真多，這是甚麼東西！？

　　那天，水交社興中街兩旁都是攤位，萬頭攢動，臺南市的眷村小吃都匯集在這裡，同時在興中里活動中心舉辦眷村文物展，我看到李本湘的飛行帽與照片，趙以章擔任解說，這裡的人寥寥無幾，口腹之慾勝過文化！王安國是一位很有創意的里長。以後每到過年前，興中街都有年貨大街。

　　民國 93 年，水交社住戶大部分已遷出，那天早上，我騎機車來到水交社，年貨大街熱鬧仍如以往，我拿鑰匙打開門，院子空蕩蕩的，圍牆外人生吵雜，牆裡牆外是兩個完全不同的世界。我出來碰到王安國，問：「以後還要辦年貨大街嗎？」他回答：「我不知道。」以後，他和金冠宏在體育場旁合辦年貨大街。

　　每年，明德里里長陳瑞華在水交社一街辦年貨大街，水交社一街東側入口搭起吹氣的黃色拱門，上面寫著紅字「2022 年水交社文化季暨年貨大街」，水交社一街兩旁都是小吃攤，街上摩肩擦踵的人群逛著小吃攤，我看到同學趙萬里的二空涼麵攤子，透過眷村小吃，散發出些許的眷村風味，沒有文物展示，誰在乎文

物？我走出年貨大街，眷村風味隨風而散，我抬頭看到綠底白字的「水交社一街」路牌，興中街已被取代而進入歷史，只能存留在記憶中。

　　春聯是免費贈送，不時有人進來拿春聯，驀然間，一個熟悉的身影走進來，我喊了一聲：「王慶華！」他是我臺南空軍子弟學校同班同學，他嚇一跳，會在這裡碰到我，他說：「我來拿春聯。」他拿了兩張春聯，我陪他走到閱覽室門口，我注意到，這裡整片都是大樓，他告訴我：「你站在這裡，看到的一大片地都是二空，這一部分蓋了好幾棟樓房，其他的閒置在那兒。」

　　二空文化協會在寫春聯後，開會員大會，我不是會員，所以離開會場。我騎車出二空新城大門。心想：這是第一次來這裡，利用這個機會順道看看這附近。這裡的人車少，沒有都市的喧囂聲，我右轉約二十公尺，有一條路與保華路交叉呈「丁」字型，路標寫著「二空路」，這裡較多空地，有些地方的野草高過人頭，給人一種荒涼的感覺，二空路旁有一家郵局，四周都沒有房子，心想：有誰會來這裡用郵？郵局旁這一段保華路，兩旁雜草叢生，沒有住家，東邊有一排平房，玻璃窗都沒了，鐵窗銹蝕，野草高過窗檻，牆壁斑駁，顯然久無人居住，應該住戶已他遷，我好奇騎車進去，騎了約十公尺，右邊路旁出現一株榕樹，上面架著一些木板，有

幾塊木板吊掛在樹上，木板上爬著榕樹的根，啊！樹屋，一旁木頭房子的門掉落，斜靠在一旁，窗子沒有玻璃，開了個洞，是存放文物的文物館，文物館旁有一個紅色柱子的涼亭，十多年前，我坐在涼亭裡的石椅，聽二空的朋友介紹樹屋和文物館，當時樹屋很紅，上過報，有人從外縣市來參觀，現在好像劫後餘生，殘破宛如廢墟，被棄置在路旁，長時間閒置著，無人聞問。

　　眷村第二代扮演記錄的角色，他們保存文物，製作文獻紀錄，舉辦眷村年貨大街，匯集眷村小吃，成立眷村協會等，這些宛如一扇窗，推開窗子，可以看到往日眷村的一鱗半爪，又宛如將時間停格，讓我們回顧往日的眷村風華。時間如同江水，不分晝夜，「嘩啦嘩啦！」向前奔流，無論開扇窗子或讓時間停格，在時間潮流巨大的衝激力下，能喚回多少往日時光？

躺在地上的墓碑

1.

位於南京紫金山麓的這片翠綠的園地，草坪上放著的墓碑以及林木下豎立的黑色大理石紀念碑，草坪與林木將一段烽火歲月的事跡埋藏在這兒。

2.

我走出南京高鐵站，前面空曠的廣場有一排公車站牌，我走過去，問了幾個人「抗日航空烈士公墓」在哪裡，他們搖搖頭說不知道這個地方，這個回答讓我驚訝，但也說明，那是個相當偏僻的地方，南京當地人未必知道；抗日的歷史久遠，已淡出人們的記憶。

我拿著從網路上抄下的路線紙條，逐一的尋找公車站牌。大陸稱公車為公交車。終於找到那條路線的公車，我站在車牌旁等車，等車的人不多，說明這條路線應該不經過市區，它可能是郊區的路線。沒多久，車來了，我依序上了車，依據從網路上抄下的紙條上的說明，在伊劉屯下車。我問路旁一家私人企業的警衛：「抗日航空烈士公墓要怎麼走？」他用手一指說：「這條路走下去左轉就到了。」

　　那是一條山路，在山區蜿蜒延伸著，這條山路是一條柏油路，有兩個車身的寬度，道路兩旁都是高大的樹木，陽光透過樹枝隙縫，在地上撒下不規則的圓圈，地上遍佈黃色的樹葉，兩旁是樹木還是樹木，整條路上看不到一個人影，我走過幾間紅或灰瓦，低矮簡陋的磚牆小屋，才發現，左轉並不是就到了，它還有一段距離。

　　再走一段山路，仍然看不到人影與任何標誌，心想糟了，我估計錯誤，驀然地轉個頭，我看到右邊樹枝的空隙中隱約的有一面石牌坊，上面白底藍字橫批寫著「航空烈士公墓」幾個大字，兩旁的對聯為：「捍國騁長空，偉績光照青史冊；凱旋埋烈骨，豐碑美媲黃花崗」，出自何應欽將軍之手。

　　蔚藍的天空飄浮著朵朵白雲，墓園裡滿地樹葉，正對大門有一條石階，兩旁是蒼鬱的樹木，石階兩旁的草叢中不時傳來不知名的蟲叫聲，石階的盡頭是呈扇型牌列的黑色石碑，周遭是蒼翠的樹木與綠色的草坪，金黃色的陽光撒在這片林木中，我看不到一個人影。這是一片靜謐的園地。

3.

時代動亂的波濤曾席捲這片靜謐的園地。

我回過頭，看到石牌坊內側，白底藍字橫批寫著「精忠報國」四個字，兩旁的對聯為：「英名萬古傳飛將；正氣千秋壯國魂」，出自當時軍事委員會委員長蔣介石之手。這幾個字遒勁有力，但不是真跡。在文革的波濤下，這些題字被刮除並搗毀，一九八五年八月著手整修時，如何恢復原狀成為整修工程的挑戰，要從哪兒找到這幾個字？當時的中山陵園文衛科科長劉維才，絞盡腦汁想了整整三天，最後，決定自己模仿蔣介石的字體。幸好他有書法的底子，經過一翻苦練臨摹之後，他大筆一揮，寫下這幾個字，交待人刻上，墓園修復開幕時，有前來參觀的專家與長官看了這幾個字説道：「蔣介石的字還是不錯的！」

我往前走，可以聽到腳踩在落葉上的沙沙聲響，沙沙聲響揚起「得遂凌雲願，空際任迴旋，報國懷壯志，正好乘風飛去，長空萬里復我舊河山」的中央航校校歌的旋律，沙沙聲響穿過時光隧道，伴隨著這個旋律，為我輕輕的開啟歷史之門。

我走完第一段石階，有一片空地，空地上有一個朱紅柱子的涼亭，涼亭裡豎立著一個石碑，上面寫著

「航空救國」四個字，落款為「孫文」，説明當時中國面臨強敵的威脅，距 1903 年 12 月，美國的萊特兄弟（Wilbur & Orville Wright）製造的飛機飛上天空，不過十多年的時間；1910 年 10 月，馮如製造出一架飛機，在舊金山的飛行比賽中獲得優等獎；1912 年 3 月，馮如在廣州製造出另一架飛機，並試飛。國父孫中山先生深知，航空在軍事上的重要，曾説道：「飛機一物，自大於行軍」，在致南洋革命同志函中提到「飛機為近世軍用最大的利器」，大力倡導「航空救國」，同時，也表明國父對航空的期許。

　　這段石階的盡頭有一條橫向的小徑，連接兩旁遠處的另兩段石階，我從這條小徑走到遠處的另兩段石階，石階兩側是平放在地上，成排的水泥墓碑，不少墓碑上有縫補的裂痕或敲打的痕跡，這些裂痕裂出這個墓園歷經的蒼桑。日本人占領南京後，來到這裡，搗毀墓園，砸爛墓碑，墓園湮沒於荒湮蔓草中，形同廢墟，無人聞問。抗戰勝利後，政府重修墓園。文化大革命期間，墓園再度被搗毀，墓碑被砸爛，這裡再度被野草吞沒。王安石一首詩，《泊舟瓜洲》的一段，「春風又綠江南岸，明月何時照我還。」一九八五年八月，吹來的春風，北京政府為這些在中華民族禦侮戰爭而犧牲的人整修墓園，而綠了這片墓園，明月再度照亮著這片墓園。

　　動亂的波濤遠離，這片園地恢復原有的靜謐。

4.

九一八在瀋陽的砲聲，蘆溝橋的槍聲，蔣委員長「和平未到根本絕望時期，決不放棄和平，犧牲未到最後關頭，決不輕言犧牲。」的蘆山講話，拉起對日抗戰的序曲。日本人的軍靴在中華大地踩踏出「起來！不願做奴隸的人們！」，「中華錦繡江山誰是主人翁？我們四萬萬同胞！」以及「家可破，國需保，身可殺，志不撓！」街頭巷尾傳唱的《抗敵歌》，那是時代的呼召，喚起年輕人起來抵抗日本人優勢兵力的侵略。

這是一場實力不對等的對抗，一方為工業國家，可以依據自己的需求，自行製造所需的飛機，於是，日本發展出的九六式轟炸機、零式戰鬥機，是他們航空工業的代表作，與工業先進國家同型飛機相較，毫不遜色；另一方是農業國家，工業正在起步階段，沒有製造飛機的能力，所有飛機都外購，他沒有選擇的權力，能買到什麼飛機，就用什麼飛機，所以他的飛機，性能差，各國都有，美、英、法、義大利等國家的飛機都看得到，增加維修與訓練的困難度。

筧橋航校精神堡壘的題字「我們的身體，飛機將與敵人的陣地，兵艦同歸於盡。」以及路標的題字「你有為國家犧牲的決心嗎？」反映著時代的呼召，在這個呼

召聲中，他們飛上青天，他們年輕的生命，在空中化成一團火光，拖著濃濃的黑煙，在地上化成長方形的墓碑，紫金山的一角是他們生命的休止符。

每塊墓碑標示一個抗日英雄的靈魂，以及下面他們殘缺不全的遺體，在兩次動亂中，他們殘缺不全的遺骸已被丟棄，沒有人知道他們的去向。遺骸已被丟棄，墓碑是虛的墓碑，於是將它們全部集中在這個區域，這些墓碑說明，曾經有這末一個人的遺骸埋葬在這兒。

這片園地靜謐的記錄時代的呼召。

5.

我走回來，再度踏上中央石階，石階盡頭是一塊平地，首先映入眼簾的是一對象徵機翼，排列呈「V」形的長方形紀念碑，前面立了兩組頭戴皮帽，皮帽上掛著護目鏡，飛行裝上攜著保險傘帶的飛行員石像，左邊一組，兩人分別高舉左右手，手指比出「V」形，眼睛望著天空，象徵出擊；右邊一組，一人伸高舉右手，一人的右手前伸彎在眉梢，眼睛觀望著天空，在尋找飛機，象徵凱旋。兩組石像粗獷有力，表現出空軍抗戰時的氣勢。面對優勢的日軍，他們的飛機速度快，他們追得上我們，我們卻追不到他們，他們的機槍射程比我們遠，

他們打得到我們，我們卻打不到他們，空軍要有相當的
勇氣與膽識，才能與他們對抗，他們必需要出擊，未必
要回來；他們向天空觀望，期待戰友的歸來。

紀念碑的後面，豎立著一大塊一大塊黑色大理石，
呈扇形排列，上面密密麻麻的刻著名字，有幾塊黑色的
大理石碑刻寫著英文，有一塊刻寫著俄文，俄國與美國
都有航空部隊來我國協助對抗日本人，那是國際間相互
依賴與合作，抵抗強權，維護自身利益的時代。

6.

對日抗戰期間，在武漢、柳州、昆明以及重慶南山
等，發生過大空戰的地方都有空軍烈士公墓，抗戰勝利
後的動亂期間，這些墳墓都被挖出，原本殘缺不全的遺
骸被任意棄置，而下落不明，他們的名字淡出中華民族
的記憶中。

黑色的大理石碑上一行行的名字，在動亂之後，中
華民族想起在抗日禦武戰爭中殉職的飛行員，他們的遺
骸已遭棄置，只有將他們的名字刻在大理石碑上，「獨
留英名對青山」，總比不留要好。

黑色的大理石碑反射著上午耀眼的陽光，這道反射
光映射出那段遙遠的歷史，我逐一閱讀刻大理石碑上的

名字，彷彿聽到震撼民族心靈的聲音，曹芳震的「抗擊
日寇，血灑長空，是一生值得紀念的日子。」陳懷民的
「每次飛機起飛，我都視為是最後的飛行，與日本人作
戰，我從來沒想活著回來！」陳炳靖的「我進入空軍那
天起，生命就不屬於我個人，而是國家，我不認為我可
以活著看到日本人投降。」耳際響起唱出民族心靈的歌
聲，「我的家在東北松花江上，那裡有森林煤礦，還有
那滿山遍野的大豆高粱。……」「起來！不願做奴隸的
人們！」，「中華錦繡江山誰是主人翁？我們四萬萬同
胞！」以及「得遂凌雲願，空際任迴旋，報國懷壯志，
正好乘風飛去，長空萬里復我舊河山」。

　　躺在地上的墓碑以及黑色的大理石紀念碑，在靜謐
之中，訴說那個風起雲湧而遙遠的戰爭年代，為歷史開
啟一扇門。

　　7.

　　我走下石階，出了大門，在一個轉角看到 313 路公
車，終點站是抗日航空紀念館，它不經過車站，我必需
在市區轉車。我上了車，車上只有我一個乘客，車子在
蜿蜒崎嶇的山路上行駛，高度不斷下降，離那片靜謐的
園地愈來愈遠，到了山腳，陸續有人上車，四周的樓房
漸多，歷史已遠遠地拋到身後。

南京抗日航空烈士墓園大門。

南京抗日航空烈士墓園紀念碑，飛行員像左側為出擊，
右側為凱旋。

（旺報藝文版 2015.2.11-12）（中時電子報 2015.2.11-12）

（2015 年旺報第六屆兩岸徵文獎優秀獎）

長在墓穴裡的竹子

天氣陰沉沉的，還下著小雨，白色十四人座的旅遊車在路旁的一塊空地停下，前面是一片水泥山壁，入口的兩邊山壁，分別刻著戴著護目鏡與皮帽的中外飛行員頭像石雕，右邊一位有著濃厚的眉毛，是外國飛行員。

一九三八年，國民政府航空委員會為安葬抗日戰爭中殉職的空軍飛行員，在重慶南山長房子放牛坪購買兩百餘畝土地設置陵園，稱「重慶區汪山空軍烈士公墓」，當地俗稱「南山空軍墳」、「汪山空軍墳」或「黃山墓地」，國民政府用上等木材製作棺木，埋葬這些殉職的飛行員。墓葬區依山勢居高臨下，遙望嘉陵江與廣陽壩、白市驛機場。文化大革命時，空軍墳被嚴重搗毀，空軍墳中，零碎的烈士遺骨被丟棄，陪葬物被拿走，墓碑被拿走，用於築路、修房子等，棺木被拿走用做農具，修築豬圈或牛棚的圍欄，每個墓穴都被挖空，但從被挖空的墓穴中，長出一叢叢竹子。二零零八年重慶市政府重修這座公墓。

我們一行六人走過一百六十八階的石階墓道，石階兩旁是綠色的矮樹叢、草皮以及翠綠的竹林，之後，來到一個平臺，平臺上有一個由兩個機翼與螺旋槳組成的紀念碑，紀念碑上有 國父孫中山先生題的「志在沖

天」四個字。一百六十八階石階代表埋葬著一百六十八位殉職的飛行員，紀念碑前抗擊日機的殘牆浮雕，記載共埋葬兩百四十二名中美空軍飛行員，究竟埋葬多少飛行員，由於朝代更迭，未完整保存相關資料，已無從查證。

我站在平臺上讀祭文，空軍子弟學校校友會秘書長何又新，捧著一大束白花站在我旁邊。我讀完祭文，何又新將這一大束白花放在「志在沖天」的紀念碑下。

在平臺上可以聽到竹林後傳來的喧嘩聲，同行的田定忠說：「是不是有人在辦酒席？」我心想，有誰會在這麼偏僻的地方辦酒席？而且這還是墓地，是不是這些空軍烈士的喧嘩聲？一思及此，有些毛骨悚然。田定忠是退役飛行員，飛過 F-100 與 F-104 戰鬥機。我們一時找不到墓，我繞過「志在沖天」的標誌，看到後面有一段上坡石階，這段石階不長，約二、三十級，我走上去，石階的盡頭是一條雙線車道的環山馬路，盡頭右邊有一塊橫倒在地上的長方形石頭，上面寫著「空軍抗戰紀念園」，環山馬路對面右手邊約十步遠處，有一條上坡小徑，小徑入口旁豎著一塊招牌，上面寫著「農家樂」，喧嘩聲源自這兒。我走上小徑約十步，右側為一個院子入口，門是開的，院子裡坐著一桌桌的人，他們在吃酒席。我繼續往上走，上面是一個豬棚。我走下小徑，沿著環山馬路向右走，約四十步遠，有另一條上坡小徑，

這條上坡小徑，較長也較窄，有一個肩膀寬度，鋪著水泥，相當陡，濕漉漉的，較滑，我小心翼翼的走，深怕滑倒，在這寂靜無人的地方，滑倒可不好玩。這條上坡小徑的盡頭又是一條環山馬路，我失望地回頭走。我走下來，看到何又新站在「空軍抗戰紀念園」的長方形石頭旁，對我招手，説：「我問過『農家樂』，他們説下面的樹叢裡都是。」我質疑道：「剛才走過都沒有看到，有可能嗎？」何又新説：「剛才我們沒有走下去，所以沒看到。」於是，我們回過頭，走下石階，走進樹叢，約五、六步，看到地上不規則的散放著小長方形的水泥碑，我走近，清楚的看到，小長方形水泥碑上端有一圈陽刻的花紋，下端是陰刻的姓名以及生卒年月日，離墓道較遠的水泥碑下端是空白的。由於改朝換代以及文化大革命的澈底破壞，烈士們的資料已遺失，目前知道姓名的有五十五位，他們的姓名刻在鄰近墓道的水泥碑上。

我看著水泥碑上的姓名，中華民族遭受日本侵略，面臨最危急之時，他們獻上自己的生命。梁添成，在婚假中，登機升空迎戰日機，飛機受傷後，撞向一架九六式轟炸機，他的飛機插入敵機機身，在爆炸聲中，他的座機與九六式轟炸機的七名機員，化成一團火，墜落於涪陵附近的叢山中。黃棟權，與日機空戰，飛機中彈，空中爆炸，粉身碎骨，林徽音的兒子梁從誠的文章《長

空祭》有提到他。狄曾益，在湖北嘉魚上空被日機擊中，跳傘後，被日機子彈擊中心臟陣亡。這一連串的名字，回應《抗敵歌》「中華錦繡江山，誰是主人翁？」以及《義勇軍進行曲》「起來！不願做奴隸的人們！用我們的血肉，築成我們新的長城！」的問句，而血灑長空，在空中築成血肉長城，抵抗日本的侵略。他們二十幾歲短暫的生命，在夜空中劃下一道光芒，而後迅速消失，黑暗的天空仍舊漆黑。

竹子的竹心是中空的，是赤誠之心的寫照，竹子的竹節，被引伸為「氣節」。鄭板橋《鄭板橋集·補遺》讚揚竹子：「蓋竹之體，瘦勁孤高，枝枝傲雪，節節干霄，有似乎士君子豪氣凌雲，不為俗屈。」王丹桂的《秦樓月·詠竹》：「性貞潔，柔枝嫩葉堪圖寫。堪圖寫，四時常伴，草堂風月。孤高勁節天然別，虛心永無凋謝。無凋謝，綠陰搖曳，瑞音清絕。」白居易《養竹記》：「竹心空，空以體道，君子見其心，則思應用虛受者。」被徹底搗毀的墓穴並不是空的，一叢叢竹子從空墓穴中伸出，伸向天空，表明他們的赤誠之心，是《筧橋杭校校歌》「長空萬里，復我舊河山」的心志。

細雨下個不停，地上濕漉漉的，我們一行六人走下石階，我回頭，看到「志在沖天」的紀念碑已有一半已圍繞著白色水氣，好像披了一層白紗。

　　七七對日抗戰已是遙遠的過去，「中華錦繡江山，誰是主人翁？」以及「起來！不願做奴隸的人們！用我們的血肉，築成我們新的長城！」的民族呼聲，在時間洪流的沖刷下，聲音愈來愈模糊。

（旺報兩岸藝文 2017.11.10；入選
2019 年旺報兩岸徵文選粹 9）

一生活掠影一

水交社菜場

　　媽媽八十多歲，還一個人推著小推車去菜場買菜。那天，媽媽上菜場買菜時摔了一跤之後，我就盡量陪媽媽上菜場買菜。

　　媽媽滿頭白髮，佝僂著背，一步步的慢慢走著，這是歲月刻下的痕跡。我們在水交社菜場買菜買了三十多年，在這個菜場裡，媽媽從滿頭黑髮到滿頭白髮，從健步如飛到步履蹣跚，我從青澀的少年到中壯年。

　　我們在一個肉攤前停下來，媽媽說：「一斤五花肉，一斤後腿肉，五十塊錢豬肝。」有一次，媽媽身體不舒服，要我幫她去菜場買肉，我到了肉攤前忘了媽媽交代的，肉攤老闆問我：「媽媽呢？」我說：「媽媽身體不舒服。我忘了媽媽要買的肉。」肉攤老闆說：「一斤五花肉，一斤後腿肉，五十塊錢豬肝。」我點了點頭，他很快將肉切好、剁好，說道：「你媽媽都是絞兩次。」於是他將肉放進絞肉機絞了兩次，包好，拿給我。有一次，老闆跟媽媽說，今天的肉不好，不太新鮮，媽媽那天就沒有買肉。

　　一位賣羹的老婦人，她瘦瘦的身子將一箱箱東西搬上搬下，細細的手拿著勺子在一個大鋁臉盆的魚羹中攪

動著，媽媽告訴我，她先生已過世，在她旁邊幫忙的年輕人是她的兒子，孩子在放假時都會來菜場幫忙。媽媽將一個鋁的圓盒子放在老婦人的攤位上，就走了，一會兒再回來，鋁的圓盒中已裝了半盒的魚羹。

一位賣菜的太太一邊捆好菜交給客人，一邊與人討價還價，媽媽站在這個菜攤前，挑選新鮮的蔬菜，付了錢之後，賣菜的太太塞了一把蔥給媽媽，媽媽對我說，她對老客人都是如此。有一次下班之後，我從超市順便買回來幾包菜和蔥，媽媽看了看說：「你還花錢買蔥！我從來沒有買過蔥，我的蔥都是送的。」

在魚攤前看到老闆拿著魚刀又殺魚又沖水，一股腥味瀰漫在攤位前面。媽媽買海產都要買新鮮的，她要看著魚活蹦蹦的從水桶裡撈起，放在水泥臺上，破肚去內臟。

我推著滿滿的一車菜，跟媽媽走在回家的路上，媽媽說，當年我們窮困時，我都是在十一點過後才去菜場，撿拾菜販丟在地上的菜葉，或是向他們買剩下未賣完的菜，這樣比較便宜。撿回來的幾片高麗菜葉，就做高麗菜飯，大家吃得很高興，媽媽說，我從未想到有一天，能夠推著滿滿的一車菜，從菜場出來，信仰基督教的媽媽，凡事抱著感恩的心情，她總是說，這要感謝上帝豐富的賜予。

　　每次弟弟從美國回來，媽媽更是大買特買，一個上午要去菜場兩次，甚至三次。媽媽認為能買菜作飯給孩子吃，是她最高興的事，她看著滿滿一桌菜，我們三個小孩吃得很高興，她坐在一旁，滿意的笑著。

　　聽說，早年水交社菜場是一家醬油工廠，後來醬油工廠結束，有人陸續在這裡搭個棚子賣菜，成為菜場，再後來經過多次整修，用水泥興建一排排的攤位，圍上中空的四方形水泥磚圍牆，掛上「空軍志開新村副食供應中心站」的牌子，成為現在菜場的樣子。

　　水交社菜場面對東西段的興中街，東端是水交社的入口，與南門路交會，這一段興中街是興中街最熱鬧的一段，這裡有不少小吃店，以廣東炒麵著稱的金菊小館，狗不理包子都在菜場附近，菜場往西約十步路程，興中街呈九十度左轉，呈南北向的街道，在轉角處有一家燒餅油條店。

　　這家店門口放著一個大油鍋，鍋裡的油條熱得吱吱作響，白色的煙往上冒，酥黃而脆的油條不斷從鍋裡撈出來，整個攤位都是熱氣騰騰的。每次，大弟從美國回來，媽媽一大早就到這家店買燒餅油條和豆漿，回家後，媽媽坐在餐桌旁，微笑著看大弟津津有味地吃著燒餅油條，喝豆漿。

　　水交社準備遷建，爸媽在搬去養老院前，整理東西時，媽媽把買菜的綠色小推車、鋁製的圓飯盒子都丟掉，她高興的說：「以後我不用買菜了。」以後我也離開水交社。

　　水交社居民陸續搬離，一個星期六早上，我回到水交社，鄰居已是十室九空。我經過水交社菜場，菜場裡的燈光依舊昏暗，菜場門口進出買菜的人零零落落，已沒有往日熙熙攘攘的景況，菜場附近的店家多半緊閉著大門，已遷走了，我望著空盪盪的菜場門口，彷彿看到媽媽拉著綠色小推車，慢慢的走來，那過往的時光，已流逝而不復返。

　　2019 年年底，水交社文化園區開始營運，「興中街」的路牌已被「新興東路」取代，這是一條五線車道的道路，水交社菜場的水泥建築已消失，成為南商的校園。工程車傳來「軋！軋！軋！」刺耳的機械聲，黑色滾燙的柏油從車上傾瀉到地上，冒著白煙，一切過往，在「軋！軋！軋！」刺耳的機械聲中，化成柏油上的一縷白煙而消散，事情總有結束的時候！

眷村再現旗袍風

水交社文化園區展演館的玻璃櫥窗裡掛著一件青藍色，沒袖子的旗袍，訴說半個世紀前，眷村掀起的旗袍風。

滿洲人以八旗為主建立政軍制度，以後「旗人」成為滿洲人的代名詞。滿洲婦女日常穿著寬鬆，連身，長袖，下擺及腳踝的服裝，稱旗袍。

1920 年代，上海的服裝設計師改良旗袍，旗袍的袖子與下擺縮短，有腰身，凸顯女孩的線條，受到年輕女孩的歡迎，形成一股旗袍風。這股旗袍風吹到日據時代的臺灣，臺灣婦女紛紛穿起旗袍，認為旗袍代表新中國，畢竟臺灣人是中國人，他們跟著上海的流行走，而非東京，從服飾上表現與日本人不同之處；臺灣女孩應該不會對和服有興趣。同一時期，林獻堂與蔣渭水等人提倡臺灣文化運動，希望能保留臺灣的漢文化。年輕女孩穿旗袍總希望能「秀」一下，而穿著旗袍上街，日本人看不慣臺灣人穿代表中國的旗袍，日本警察看到穿旗袍的女孩，罵「清國奴[1]」。後來因為中日戰爭的緣故，日本推行皇民化運動，鼓勵臺灣人使用日本名字，穿和服，講日語，結束旗袍風。

1949 年，大批軍政人員從大陸來到臺灣，又掀起一

陣旗袍風，此時旗袍的袖子與下擺更短，甚至出現沒有袖子的旗袍，隨著西式服裝的興起，旗袍逐漸淡出婦女的日常服飾，現在已很少看到婦女穿旗袍。旗袍成為代表漢人的服裝，在正式場合穿著；有一段期間，中華航空公司空中小姐的制服是旗袍。

服裝是一種文化，文化具有延續性，隨著時間的推移，服裝會因應環境的變化而改變，也會與外來文化融合，而產生新的文化。旗袍是滿州婦女的日常服裝，經過服裝設計師巧妙的修改，這是一種創新，受到漢人婦女的歡迎，成為漢人婦女風行一時的服裝，同時也流行於日據時代的臺灣，最後成為漢人婦女的代表服飾。半個世紀前，滿人婦女的日常服裝，後來成為漢人婦女的流行服裝，而且兩度在臺灣流行，半個世紀後，成為漢人婦女在正式場合穿的服裝，這一轉變的歷程很有趣。旗袍開創一條新的路子，正是文化融合最佳的例子。

附註：

1. 鄭鴻生，2007，〈旗袍、洋裝與臺灣衫：臺灣服飾的百年影像〉《印刻文學生活雜誌》，3 卷 12 期，8 月，第 100-115 頁。

參考文獻：

· 孫彥貞，2008。《清代女性服飾文化研究》。上海：上海古籍。
第 115-116 頁。

· 陳玉蓮，2019。〈典雅高貴的旗袍郵票〉。《今日郵政》，2月，
第 30-31 頁。

· 葉立誠，2014。《臺灣服裝史》。新北市中和：商鼎數位。
劉瑜，2011。《中國旗袍文化》。上海：上海美術出版社。

水交社文化展演館展示的旗袍。

（眷村，第 5 期，2022.4.）

埋藏在黃土中的過往

一個星期日上午，我騎腳踏車從林森路一段轉入健康路一段，我可以清楚的看到，遠方在健康路一段行駛的車子的輪子，我騎過健康路一段與府連路交叉口後，逐漸感到吃力，必需用力踩踏板，這裡開始是緩上坡路段，是早年的汐見沙丘。我騎過五妃廟，到達健康路一段與南門路的交叉路口，左轉進入南門路，往南走，這裡的景物是那末的眼熟，右邊是臺南商職，左邊是製鹽總廠；臺南商職再下去，面對勞工育樂中心，有一條東西向的道路就是興中街，是俗稱的水交社。我站在興中街的入口，向南放眼望去盡是一片碧綠的野草。推土機的隆隆聲停止後，加上幾場大雨，黃土上長滿了野草，將過往的一切深埋於地下。

我家的日式房舍被指定為古蹟而保留下來，我騎單車到水交社一街，這是水交社整地後，鋪出的一條新路，在家門口看到整棟房舍被鐵絲網圍起來，院子內外長滿比人高的草，屋子的牆壁爬滿了常春藤。

我來，踏在微濕的泥土上，找尋埋藏在泥土下的過往。

空軍接收位於桂子山下，日本人留下的木造房舍，做為眷屬宿舍，繼續使用「水交社」這個典雅又富於詩

意的日本名稱。由於進住的人陸續增加，而在附近興建紅磚房子，擴大水交社的範圍，最後劃分為興中里與荔宅里兩個里，成為臺南市最大的眷村。

「水交社」是這裡的俗稱，也是最響亮的名稱。這裡官方的名稱是「志開新村」，紀念對日抗戰期間陣亡的空軍飛行員周志開。

興中街是一條呈「梯」字形的街，貫穿水交社，其巷道向兩旁延伸，猶如樹根緊抓住泥土般，緊緊的抓住這個住宅區。

民國四、五零年代，興中街路面由一塊塊的混凝土板併湊起來，在兩塊混凝土結合處塗上黑色柏油，整條街有如飛機跑道，說明這個村子的特殊之處，這是個空軍眷村。舖設柏油路面是後來的事。

這些狹窄的巷弄中，兩旁種植著各類植物，有小黃花，紅色與紫色的花，常常看到蜜蜂與蝴蝶飛舞於其中，使得水交社有如花園，也使水交社有著豐富的植物生態環境，它的綠色覆蓋面廣大，儼然是個森林公園，這個環境是都會區看不到的。

　　日本式房子一棟很大，有寬廣的庭院、水池，空軍將一棟房舍劃分為三戶，住三戶人家，每家都有一個相當大的庭院；這些日本式房舍後來都做了某種程度的修改與加建，至於內部擺設，完全失去原樣。以我家興中街 116 巷 1 號為例，煙囪已被拆掉，後院加蓋出一段，加蓋的部份為水泥地板，後面的興中街 120 巷 2 號則保留了煙囪，但均屬更改較少者，所以列為古蹟保存。

　　依據 1956 年「國軍在臺軍眷業務處理辦法」的規定，軍眷以「集中管理、集中居住」為原則。每個眷村都設有自治會，是最高的行政單位，是眷村與部隊的間的連繫單位，是軍方與眷戶的橋樑，也是軍方能實際掌控的單位。自治會設有會長、副會長與委員等職位，會長與委員由選舉產生，副會長由委員中第一高票出任，選舉前需向上級軍方單位核備。自治會在眷村中有辦公室，設有一名幹事，辦公室有電話、廣播室與閱報室。軍方有事就用電話與自治會連絡，自治會透過廣播，向全村宣佈。2004 年在眷村改建聲浪中，水交社住戶陸續遷出，自治會也在這個時候結束。

　　有好幾次晚上，軍方臨時有事或是演習，透過自治會廣播，臨時召集軍人回部隊。廣播之後，村子裡立刻響起卡車的發動聲音，以及噪雜的人聲，在那個通訊不發達的年代，眷村型態的生活有助於部隊掌握軍人，提

高軍人的機動性。因此，眷村置於軍方的管制下，有如另類軍營，眷村的某些設施，譬如標語等，反映當時的國家政策。

既然軍方將眷村定位為軍營的延伸，軍方對眷村也善盡照顧之責。

早年，我們的米和油都是配給的，每戶依照人口發給眷屬補給證，裡面有眷糧票，眷糧票分為大口、中口、小口，每個月軍方派人來村子發放眷糧，我們憑眷糧票領米和油，這是主食，菜是副食，由各眷戶自行購買，於是軍方設立「空軍志開新村副食供應站」，即菜市場，採公辦民營方式，出租攤位，定期收取租金，承租攤位者以眷村婦女為多，以貼補家用，而形成各省口味俱全的眷村菜餚，解決居民「食」的問題。1970 年代，這個菜場名聞遐邇，吸引附近包括南門路、忠義路、五妃街等地住戶前來買菜；每天中午，附近的臺南商職、大成國中、建業中學等學生，群集在這裡吃中飯，眷村菜的名聲遠揚。

看電影是唯一的娛樂，每隔一段期間，臺南空軍一聯隊會有一輛中吉普載著放映電影的器材，來到村子裡，在空曠地方架起竹竿，拉起白布，放映電影，電影多半是中影的影片。後來，臺南空軍一聯隊中正堂（這個建築物現在還在）落成，每個星期六晚上都放映電

影，村子裡派天藍色的軍用大卡車，載我們去看電影，才結束露天電影時期。另有籃球場經常舉辦籃球比賽，偶爾有勞軍及節慶表演活動。

水交社設有國小和幼稚園。1948年，空軍利用日本人留下的宿舍設立空軍子弟小學，學校老師有的是眷屬，有的是空軍的文職人員。空軍子弟小學的學生來自臺南市各空軍眷村，當時的崇誨新村與二空每天都派軍用大卡車送學生到學校上課，司機就近由村子裡的住戶擔任，因此學校後門有一塊空地做為停車場；大林距學校較近，那裡的學生走路經過金湯橋，穿過一片墓地（現在金湯橋附近已不見墳墓蹤影），來學校上課。空軍子弟小學學生全為空軍子弟，學生背景單純，這是空小的特色。中華民國婦女聯合會（簡稱婦聯會）於空小校園的一角設立水交社幼稚園，臺南市各空軍眷村都設有空軍幼稚園。

1956年國防部成立軍眷服務處，在各眷村設立診療所，為眷屬提供基層醫療照護，病情嚴重者送往為於安平的臺南空軍醫院就醫，直到2000年以後才結束，改為自治會。

約在1960年代初期，臺南空軍一聯隊將中吉普改裝為迷你巴士，排定固定班次，定點上下車站，為各眷村住戶提供交通服務，票價與市公車一樣，為五角。開行的路線有兩條，一條為臺南機場，二空，大同路，健

康路，南門路，中正路，西門路，安平空軍醫院（當時臺南空軍醫院在安平）；一條為崇誨新村（現在的崇誨國宅），東門路，博愛路（現在的北門路），青年路，中正路，西門路，安平空軍醫院。我們上街購物、看病，或是到別的眷村去，都很方便。這兩條路線將當時臺南的空軍眷村，水交社、二空、大林、崇誨新村，都串連起來，成為一個空軍生活網路。

臺南空軍一聯隊包辦我們的食衣住行育樂以及醫療，水交社成為一個自給自足的社區。水交社聚集一群同質性高的人，他們有大陸生活的經驗，經歷過對日抗戰，以及職業都是同一軍種——空軍，這個群體中，可細分為三群人，一群為我們的父親，他們為軍人，多半服務於臺南空軍基地，即一聯隊，或是空軍供應司令部；一群為我們的母親，她們與我們的父親有密切的關聯性，多半有大陸的生活經驗，聊天、打牌與搭會是她們的社交活動；一群是我們小孩子，大部份就讀臺南空軍子弟學校，我們在同一個空間裡生活，就讀相同的學校，互動性強，相互影響，很容易玩在一起。

當時，小孩的玩具都是就地取材，以自然物為主，隨著年級的增高，玩具也不同，孩子將不起眼的東西，譬如瓦片、竹冰棒棍等變成玩具，表現出孩子的創造力與想像力。小學低年級時是跳房，在地上劃圖形，圖形有兩種，一種為兩個一組併排的長方形，共三組，加上

一個大的長方形，一種為稻草人，有斗笠、半圓形的臉、脖子、肩膀、身子與腳，參加的人每人找一塊瓦片，用單腳將瓦片踢到固定的格子、摺紙飛機、丟沙包。接著，打陀螺、利用橡皮筋綁住竹冰棒棍，做成竹槍。再來就是玩玻璃珠，玩圓牌，用木頭做枴子槍。從童玩中不難發現，年紀愈大，玩的東西愈具群體性、賭博性與攻擊性，似乎從其中可以探索出人性。

再長大一些，有一部份孩子就變成太保，他們成群結隊在村子裡遊蕩，除了水交社外，二空、大林與崇誨幾個空軍眷村都有幫派，各幫派相互叫陣，不時出現刀棍齊飛的場面。混幫派的小孩令家長很傷腦筋。

密閉性空間、同質性高、長時間的生活，是水交社的三項因素，也是眷村共同的因素，而形成一個高凝聚力的群體，在這樣的群體中生活，大家都有高度的安全感。

初中畢業時，最常聽到家長講的一句話就是：「我沒錢養你，讀軍校去！」因為軍校不但免學費，每個月還有生活津貼。所以我們小孩子在初中畢業後，一窩蜂的報考幼校。我的視力，一隻為 2.0、一隻為 1.5，就是這隻 1.5 而未能進入空軍幼年學校，我想與大家一樣報考陸軍預備學校與海軍官校預備班，被父親阻止，他說：「陸軍、海軍免談，軍人的薪水不足以養家糊口，這

樣辛苦一輩子又有什麼意義？你看我們左右鄰居的生活
就知道，你報考空幼我不吭氣，因為空幼是飛行的，我
們家的生活較佳，因為我是飛行的。」我說：「飛行不
是很危險嗎？你有些同學和同事都殉職了。」爸說：
「你當空軍還怕這些！」這就是我沒有讀軍校的原因。
我們這一代眷村子弟八成都是軍校生，原因在此。

過了暑假，村子裡少了一些人，也安靜不少，因為
不少人讀軍校去了。過年前兩天，村子裡的人增加不
少，也熱鬧不少，因為讀軍校的都回來了，陸海空三軍
的軍服都看得到。

爸爸這一代的軍人都經歷過對日抗戰，每個人的身
上都留有抗日的疤痕，他們是抗日史詩的創作者，他們
在「起來！不願做奴隸的人們！」的歌聲中，投身抗日
的行列。李本湘，個子高高的，手很大很長，他在武漢
空戰中受傷，動過肺部手術。鄧力軍，個子魁梧，很豪
爽，好幾個晚上與鄧媽媽來家裡與爸爸聊天，他在抗戰
時擊落過日本飛機。陳坦，中等身材，瘦瘦的，住在
我家後面巷子，一天晚上他來我家與爸爸喝小酒，對
我說，越戰時，美軍將 C-47 架上機槍成為 AC-47，利
用 C-47 低空與慢速的特性，攻擊躲在叢林中的越共，
這沒什麼！內戰時，我的 C-46 機門口就架了機槍，後
艙載了炸彈，飛到目標區，我降低高度，後艙的人將炸
彈推出去，機槍手就掃射，我的飛機成為轟炸機；炸

彈是用人推下去，沒有投彈器，所以投不準。說罷，他自己都覺得好笑。另一位住在我家後面巷子的苑金涵，一二八淞滬之役時就參戰，他擔任第三大隊，戰鬥機大隊大隊長期間，空軍總司令部的一份刊物《中國的空軍》，讚譽他為「三大隊的神經中樞」。對面巷子的羅思聖，曾駕 B-25 轟炸機轟炸過黃河鐵橋。臧錫蘭是個藝高膽大的飛行員，被視為具有飛行天才的飛行員，他的平衡感與速度感很好，能巧妙的將飛機的速度掌控在最佳狀態，他救援陷入日機圍困中的美軍十三航空隊副領隊愛立生中校，獲得美軍中印緬戰區司令史迪威，代表美國政府頒發銀星獎章；他在對日抗戰期間駕駛螺旋槳飛機擊落過多架日機，後來在臺海戰役時，駕駛 F-86 噴射戰鬥機擊落米格機。時光如滔滔江水般的流逝，沖刷了事件，人也不能倖免。

我結婚有了孩子後，偌大的院子裡擺放著娃娃車、呼拉圈等小孩的玩具，孩子或騎著小三輪車在院子裡奔馳，或用水龍頭沖水打水仗，院子裡充滿著孩子的歡笑聲，歡笑聲傳遍家裡的每個角落，這是孩子帶給我們一段珍貴的快樂時光。

媽媽是個很會調理自己的人，她退休後，每天清晨五點到附近的志開國小做運動，晚上練毛筆字，我現在

還保有一張媽媽的毛筆字。每星期六與日傍晚，我與媽媽到志開國小繞著操場走六圈；星期天吃完晚飯後，我與媽媽一起看「大陸尋奇」。每天傍晚我用鑰匙打開大門，就聽到開燈的聲音，接著就是媽媽中氣十足的聲音：「回來啦！」似乎她每天就盼望著這一刻。這一切已成過去式，深埋在滾滾的時間洪流中。

我來，站在牆外，看著熟悉的房舍爬滿常春藤，是這麼的寧靜，往日的時光已一去不復返。

2005 年在眷村改建聲中，水交社全部居民遷出。2007 年水交社先被國防部軍備局圍起綠色鐵皮進行拆除工作。2008 年，我到過水交社一趟，聽到這片空地不斷傳來隆重的機械聲，遠處推土機的車斗不斷上下左右搖擺著，將鏟起的黃土倒入一旁的卡車車斗中，在隨風飄揚的黃土中，水交社已成瓦礫一堆。

2009 年 1 月份，在整地中，推土機挖下去，挖到墓葬。我站在興中街 116 巷 1 號家門口，朝北望去，興中街 116 巷到菜市場之間的地全被挖開，成為一個黃土坑，其中散落著六十幾具長方形石棺，歷史在黃土中探出頭來。我想起，爸爸曾跟我說，他整理院子時，不需要挖得太深，鏟子就碰到石板，鏟子頭會有白色的粉

末，爸說，地下有東西，他推測應該是石棺。住在我們家後面的張雁初也有這個經驗，他們都不願意深究，反正一個住地上，一個住地下，是兩個不同的世界，彼此相安無事就好。

我走下土坑，走近歷史，觀看著附近幾具石棺，實在說來，這不是石棺，而是在木棺外面澆上一層水泥。這些石棺呈東西向埋葬，面向臺灣海峽對岸的福建省，說明墓主來自大陸，東西向埋葬有「思鄉」、「望鄉」的意味。一塊墓碑上刻有「乾隆」與「澄邑」字樣，說明這是清乾隆時期的墓葬，年代相當早；「澄」是福建省漳州府海澄縣，「邑」指封地、采地或城市，「澄邑」說明墓主是福建省漳州府海澄縣人。另一塊墓碑上方刻著「廈門」兩字，說明墓主是福建廈門人。臺灣，這個鄰近福建的海島，為這些福建人點燃希望之光，引導他們渡過臺灣海峽，他們踏著十八世紀初葉，康熙末年的移民潮，來到臺灣府，即現在的臺南居住下來，在臺南展開另一階段的生活。大限之期到來之後，他們從市區走向市郊這片不適耕種的荒山野地，躺在這兒，面對沐浴於金黃色夕陽下的家鄉，正是「纍纍墓塚伴斜陽」。

臺灣史料集成編輯委員會編輯，金鋐主修的《康熙福建通志臺灣府》記載：「鄭經的侍衛馮錫范曾向清廷提議：『海澄實為廈門之戶，決不可棄。今既承親王之

命,將海澄列為往來公所。」清朝回覆:『海澄乃版圖之內,豈可以為公所?』」水交社出土的墓碑與這段記載可以證實,當時福建沿海的海澄、廈門與臺灣往來密切。海澄與廈門曾為中國重要的對外貿易港口。

以後,日本人將泥土覆蓋在墳墓上,而且覆土不深,在上面蓋眷屬宿舍。日本式房子是用磚頭疊在地上,墊高之後,架上木頭蓋房子,因此不需要打太深的地基,所以,無需鏟除墳墓,只要稍加挖掘,就可以看到墳墓。

我來,面對這個黃土坑,注視著這些石棺,聆聽黃土中傳來的歷史跫音。

這裡每次覆蓋泥土,就說明一個時代落幕了。上次,日本人覆蓋了泥土,埋葬的是墓葬時代,開啟的是軍人眷屬宿舍的時代,這段時間長約七十年;現在再度覆蓋泥土,埋葬的是約七十年歷史的軍人眷屬宿舍時代,開啟的是什麼樣的時代呢?幕尚未拉起,我不知道,也不便猜測。

我騎著腳踏車在附近繞了一圈,家後面新舖設幾條南北向與東西向,筆直的柏油路,街牌上分別寫著「水交社路」、「水交社一街」,一條東西向的馬路將幼稚

園踏平，貫穿志開國小一角，將志開國小的圍牆向南後推了好幾公尺，原來朝西的校門現在改為朝北。有關單位不想將全部事物用泥土一埋了事，而將我的家及附近幾棟房子保留下來，闢為「水交社文化園區」，希望能深化這個城市的深度，增加這個城市的文化層次。

我來，踏在微濕的泥土上，嘗試嗅出從泥土中散發出微弱的文化氣息。

（2012 臺南文學獎　報導文學獎佳作；2021.9 修訂）

夢迴水交社

清晨，我踏著輕快的腳步來到園區，
路旁的小草含著露珠對我微笑，
在日式房舍中尋找昨夜的夢境，
當年的歡笑聲在耳際迴盪。

午後，我頂著炎炎的烈日來到園區，
豔陽高照下，園區寂靜無聲，
站在濃密樹蔭中戰機的機翼下，
天空傳來戰機熟悉的呼嘯聲。

傍晚，我在蒼茫的暮色中來到園區，
月兒露出半邊臉窺伺，
悠揚的琴聲在夜幕中迴盪著，
優美的旋律喚回往日的時光。

遠去的水交社眷村

天藍色軍服是他們的職業標誌，
蔚藍的天空是他們馳騁的職場；
隆隆的機聲畫過天空，
他們捍衛著領空。

對日抗戰的故事是他們職業生涯的寫照，
一張張年輕的面孔組成這張航校畢業照；
不少人頭上畫著「X」，
消失在空中的火光中。

濃厚鄉音的國語說明他們不是本地人，
他們訴說家鄉的故事，譜成思鄉曲；
夜晚悠揚的小提琴聲，
帶著旋律的翅膀飄回家鄉。

向前滾動的時間巨輪，
他們的黑髮轉為白髮，
脫下天藍色的軍服，
濃厚鄉音的國語消失了，
他們走下人生的舞臺。

眷改的號角吹起水交社的熄燈號，
房舍整修成日據時代的風貌，
揚起「水交社文化園區」的名稱，
有訪客說：「沒有一點眷村味！」

「眷村」在時間長河中翻滾，愈來愈遠，
水交社眷村淹沒在時間的洪流中，
它從生活中消失，
埋藏在記憶深處。

空小情

分別猶是少年時，神州莽莽歌聲息；

時光悠悠四十載，有幸得以再相聚；

燭光燈下一夕談，把酒言歡空小情。

（空小校友會會刊 102.8.14.）

同學會

那熟悉的臉龐，已刻上歲月的痕跡，

燭光交錯中，隱約映現出當年的情景；

頭上的黑髮已點著白白髮絲，

不變的是那熟稔的聲音，將遙遠的過去拉回來；

純真的童稚，溫馨而難忘的空小歲月。

（空小校友會會刊 100.8.14.）

失去光澤的藍色

1.

　　水交社是個老邁的眷村，夜晚九點以後，村裡就看不到人影，日本式房舍像鬼魅似的趴在地上，躲在樹叢後面，道路兩旁的路燈在空曠的街道上投下昏暗的燈光。

　　小徐在巷子裡開了家麵店。夜晚九點多，我踏進這家小吃店，店裡只有兩位客人，小徐打著赤膊，滿頭灰白的頭髮，站在熱氣騰騰的爐邊。他給我端上一碗牛肉麵，一碟小菜，裡面有滷豆干、海帶、豬耳朵，拿一瓶紹興酒，倒了一些在我前面的玻璃杯裡，坐在對面，拿了只玻璃杯，倒了紹興酒，說：

　　「隨意！難得你來這裡，我們也難得有這個機會聊聊。」

　　又說：「客人少了，也差不多要休息了。」

　　他夾著一塊滷豆干放進口裡，說：「我們這種年紀，泥土已埋了一半，開這個小店是讓自己有點事做，幸虧有月退俸，生活有保障，也較安心，我們沒想到會有機會再見面。」

　　小徐與我同村，住在我家隔壁的巷子，我們從小一起長大，小學時我們都是讀空軍子弟學校，又是同班，

初中時我們同校不同班，初中畢業後，他進入空軍幼年學校，我讀文學校，以後我們就沒有往來。是小學同學會，聯繫上這群失散多年的同學。

2.

當時，讀軍校幾乎是我們唯一的選擇，很少家庭有能力讓小孩讀文學校，因此，在我們空軍子弟學校同學中，男生有八成都是軍校生。空軍眷村長大的小孩，藍色是生活的色彩，報考軍校，藍色自然是第一選項。

當時一有部韓國的空戰影片「紅巾特攻隊」，劇情與雄壯的主題曲，給人一種豪情壯志的感覺，深深的吸引我們。村子裡很多人都看過這部影片，我當然不例外。那段時間，大家聊天的話題都圍繞著這部影片打轉。

「這部片子的主題曲真雄壯！」有人吹著主題曲的口哨。

F-86 編隊飛行的幾個鏡頭，非常壯觀，「F-86 太棒了！」

「進入空幼，將來就可以飛 F-86。」

「飛行員真帥氣！」

C-46 超低空飛行，拋出繩鉤搭救降落在敵後的飛行員，緊張又刺激，這部片子的男主角申榮鈞自然成為我

們的偶像。於是，這部片子成為大家報考空幼的另一股
推力。

多年後才知道，韓戰時，韓國空軍剛成立，還沒有
戰鬥機部隊，更沒有噴射機，韓戰時的空戰都是美國空
軍打的，這部片子的情節純屬虛構，但是，片子裡空軍
的豪情與帥氣，讓人難以忘懷。

初中畢業時，大家一窩蜂的到空軍新生社報名空軍
幼年學校，負責報名工作的空軍中尉張濤是村子裡的，
而後到空軍醫院體檢，從報名到體檢，碰到的都是熟面
孔。空軍醫院的航空醫官說：「百分之九十都是眼睛不
過，視力不同別的，不行就是不行，是無法補救的，也
無法作假，你們到學校報到後，還要再體檢。」小王一
次就過了，從體檢室走出來，多少隻羨慕的眼神看著
他。

這些人空幼上不了就考海幼或陸幼，反正一定要上
一所軍校，這是他們唯一的前途，別無選擇。開學後，
村子裡的人少了一些，因為都到軍校去了。放假時，村
子裡都是穿藍色、草綠色、白色軍服的人影在晃動著，
三軍軍服都看得到。有些人是三年後參加軍校聯招考入
軍校，但這三年的學費可讓父母傷透了腦筋，有些父母
必需四處借錢為子女籌措學費，以後按月攤還，當時可
沒有教育輔助費這些東西。

3.

　　他拿起酒杯，喝了一口，說：「信班的葉子宜你認
識吧！他跟我一樣都是空幼的，我們一起飛么洞四，只
是部隊不同，他退了之後，考上退除役特考，現在在榮
民醫院工作，是公務員，我認識的人裡面，屬他最好。」

　　我說：「當公務員要將軍方的月退俸繳回。」

　　他說：「那不打緊，有個正職最重要，公務員退休
時，可以選擇要公務員或軍方的月退俸，那像我們這樣
飄飄盪盪的！」

　　我想到有一次碰到胖子，他是班上同學中最忙碌
的，我打電話到他家去，從來沒有找到過他。他退下後
在私人工廠作警衛，包下大夜班和假日班，加上又是
里長，連月退俸在內，一個月領三份薪水，有十萬元左
右。有一次，我陪一位作法拍屋的朋友到地方法院，碰
到他，才知道他也在作法拍屋，難怪他忙死了，他告訴
我：「我現在唯一的目的就是賺錢，我很會賺錢，賺的
錢床舖下都塞不下。」他用不斷的工作來麻醉自己，消
耗時間。

　　一個星期後在街上又碰到他，他對我嘆一口氣：
「唉！我們這一輩的人就這樣子完了！」

　　小王夾了一塊豬耳朵，放進口裡，說：「我跟許
庶言說，今晚你可能會來，叫他來，他說他下星期期

末考。」

我說：「許庶言在讀二技。」

他說：「我有聽說。」

他難以置信的笑了一笑，說：「為什麼讀二技？」

我說：「打發時間！這是他讀的第四個二技，他不是政戰英文系畢業的嗎？作過駐外使館武官，又在國防譯粹譯過稿，英文底子好，現在他專門讀二技的應用英語系，每學期都是前三名，年年拿退輔會的獎學金，他讀書還賺錢啦！」

我又說：「我叫他考碩士班，老是讀二技煩不煩？他說，他不想承受讀書的壓力，他讀書是為了打發時間。」

我又說：「這附近的二技學校都快要被他讀完了。」小王莞爾一笑。

父字輩的人都當了三十年以上的軍人，並且上過戰場，他們的身上都留有疤痕；這一輩的軍人都沒有上過戰場，服務滿二十年就可以退休拿月退俸了，所以在四十多歲都退了，不少人退了之後賦閒在家。

他說：「上個月，小李來我這兒，他一個短期工作剛結束，他提到你，說是很羨慕你，生龍活虎的，多有意義！」小李退下之後，做的都是短期工作，一個接一個的做。

我說：「工作累死了，壓力又大，往往七八點才下

班，工作八小時以上，又不能報加班費，勞基法的那一套只是理想，一個月的薪水還沒有你們的月退俸多，工作又不穩定，老闆隨時隨地可以叫我們走路，我才羨慕你們呢！」

他笑了笑說：「你知道趙子訓嗎？空小與我們同屆，我記不得他是哪班的，退下之後，天天跑卡拉 OK 喝酒唱歌，過著今朝有酒今朝醉的日子，有兩次抱著一瓶金門高梁，來我這邊，一邊喝酒，一邊講酒話。我們的人生已到頂，生活沒有意義，月退俸又好到哪？」

我說：「若沒有月退俸，你們有今天的生活嗎？在外面賺錢可不容易喔！」

他問我還記不記得臧國仲，我說記得。我想起，他進空幼後，第一次過年時，穿著天藍色的軍服回來，衣領上別著「空軍幼校」、「學生」的領章，在陽光下閃閃發光，走起路來抬頭挺胸，兩眼奕奕有神，豪情萬丈。他的父親在對日抗戰時擊落過日本飛機，後來飛 F-86 在臺灣海峽上空又擊落過 MIG-15，在空軍中有相當的知名度，「虎父虎子」，放在眼前的是璀璨的，散發著金光的藍色歲月。我已有好長一段時間沒碰到他。

小王告訴我，這個人退下來後就閒在家裡，有一段時間在醫院裡當義工，最近想要參選里長。

「里長？」我好奇的問了一聲，這個名詞常聽到，卻相當的陌生。

他說：「里長好歹也是一個職業，打發時間嘛！」

這家店小小的，放了四張長方形桌子，坐滿不過十六人，賣的東西很單純，牛肉麵、肉絲麵、湯麵、乾麵，共四種麵以及豬耳朵和海帶、滷豆干。

我問他有沒有請人，他說：「沒有，這是家小店，我一個人就夠。」

停了一停，又說：「我開店純粹是為了打發時間。」

我問他：「生意好嗎？一個月的收入多少？」

他說：「我不知道，我從不記帳，我不在乎盈虧。」

又說：「我現在是在混日子，等死！」

有一次開同學會，有人提多久開一次，我提兩到三年開一次，立刻噓聲四起，我的議案馬上被否決，他們認為間隔太長，有人說每年一次都嫌太少，有人提議半年一次，有人提議每季一次，甚至有一個月一次的。同學會變成他們生活中的大事件。他們離開辦公室，沒有同事，同學會是難得接觸人群的機會。

他們是一群時間多得用不完的人，工作是為了打發時間。月退俸使他們的經濟無後顧之憂，他們傷腦筋的是如何打發時間。他們是一群失去理想的人，好像已走到人生的盡頭，生活在沒有價值中。退休幾年之後，他們逐漸與社會脫節，無法抓住社會的脈動，成為社會的邊緣人物。我想起胖子說的那句話，「我們這一輩的人就這樣子完了！」他曾跟我說過：「我會讓自己很忙，

忙得沒有時間想事情。」看來，他們的日子還真不好熬！

4.

他們是承平時代的軍人。

他說：「我當然無法和父親一輩的軍人相比，他們是在戰火中成長，一畢業就出入於槍林彈雨中，我飛了二十年，沒有作戰過，我的同學中沒有人陣亡，我已好久沒聽到這個名詞了。」

我說：「父親那一代的空軍，有人早上空軍官校畢業，下午就參加空戰，我父親班上同學，畢業第一年已有幾位同學在空戰中陣亡。」

他說：「沒想到當了二十年的空軍，平平安安的，退休之後，月退俸使我無後顧之憂，頂了這個小吃店，可以打發日子。」

又說：「在我進軍校時，還沒有月退俸這個名詞，我是撿到了。」

我說：「我沒想到你們會有脫下軍服的一天。父親一輩的軍人服役都在三十年以上，想不到你們現在二十年就退。」

又說：「有一次，方志祥曾跟我說，當軍人太好了，進了軍校，一輩子不愁吃穿，他退伍之後，每年都環島

旅遊，國軍英雄館住宿很便宜。我跟他說，你當年死不
讀軍校，為了讀軍校跟老爸吵了一架，心不甘情不願的
進軍校，你老爸送你到車站月臺看你上車，其實是押你
上車，怕你中途跑掉，他聽後呵呵笑了一聲，說，此一
時彼一時。」

　　小徐聽了笑一笑，說：「這就是十年風水輪流轉
嘛！」

　　偶爾傳來零星的車聲，小徐的店在巷子裡，不像巷
口那末吵雜，也難以體會大都會不夜城的情況。

　　我說：「現在的軍人待遇與福利比以前高出一大截，
這是我們當初想不到的，真是十年風水輪流轉，這樣也
好，可以吸引更多的人考軍校，現在軍校的入學分數要
國立大學才有可能，不像我們當年，不少人是在老爸逼
迫之下讀軍校，有本事考上國立大學的，幾乎不可能讀
軍校。」

　　他說：「軍人待遇有必要這麼高嗎？」

　　又說：「我不相信我可以像父親一樣領一輩子的月
退俸。現在國家赤字很高，人口結構呈倒三角形，老年
人多，年輕人少，錢從哪裡來？」

　　我說：「我們的退休制度在民國五零年代末期制定
的，那時嬰兒潮的人逐漸投入職場，人口結構是正三角
形，工作人口多，國家每年都有盈餘，那時政府只照顧
軍公教，認為軍公教是幫政府做事，政府有責任照顧他

們，勞工階級不是為政府做事，政府無需照顧他們，所以我們國家被稱為軍公教福利國，現在的政府是每個人都要照顧，一塊大餅現在多一個人咬，要如何分？」

我又說：「不少軍人以拚到月退俸為目標，與父親一輩的軍人不同，父親一輩的當軍人是為了打日本人。」

他笑了笑，說：「環境不同，不可同日而語。」

我說：「一位拿月退俸的人跟我說，軍公教是雙薪，一部份薪水是遞延薪水，退休後再發，所以當軍公教最合算。」

我覺得月退俸是人類奇妙的發明，但是，有「寅支卯糧」的味道，用下一代的錢養上一代，似乎不公平，我質疑，這個制度能走多久？他們軍校畢業，服務滿二十年，差不多四十四、五歲退休，已拿了十多年的月退俸，最近兩三年，碰到四位大學畢業生，他們志願當職業軍人，有一位還是二等兵，這在以往是不可能的，我問他們，為何選擇這條路，他們說，軍人的待遇好，工作穩定，有月退俸，又不打仗，是不錯的行業。其實，退休金應分三層，第一層以維持社會安定為主，使每個人有基本的生活費，這一層以貧窮線為主，每個人都一樣；第二層以軍公教以及勞保為主，個人由於職位與投保年限等因素，繳納的保費不同，領的退休金有差異；第三層與服務機構有關，領的退休金有差異。

他說：「這就是制度，人在制度下，就跟著制度走。這個制度會這樣，是我當初想不到的。我的家境並不好，當年我進幼校只是想給自己一個讀書的機會，為自己的前途開一扇窗。」

又說：「軍隊是高度結構化的團體，制度完備，在軍隊裡就跟著制度走，什麼時候升遷都有一定，我一直覺得，冥冥之中好像有一隻看不見的手推著我，讓人覺得身不由已，我現在體會到，人生是命中註定的，我們的抉擇是重新洗牌。」

說罷，他舉起酒杯，將酒杯內的紹興酒一飲而盡。

我說：「那隻看不見的手在經濟學上是價格機能，它主導交易進行，在人生就是命運，它主導著一個人的人生方向，所以，人生往往是身不由己，沒有人能夠掌控自己，若說是『命中註定』也不為過。」

他們彷彿是一艘已望見港口的船隻，當初懷著雄心壯志揚帆，沒想到是個風平浪靜的航程，而且這航程又短。

5.

牆上的鐘敲了十一響，不遠處路口的隆隆車聲依舊不息，小王收拾了碗盤，清洗乾淨，擦了桌子，拉下鐵門，我們一起離開，並肩走在路上。巷道寂靜無聲，昏

暗的路燈將小王的影子投射在路上，這個影子隨著他的步伐拉長，變小，又拉長，我看著他在黑暗中的身影以及投在地上的影子，耳際依稀響起「凌雲御風去，報國把志伸……」那雄壯的軍歌，但，已是那麼的遙遠，對他們而言，這個黑夜似乎來得太早了些。

（臺灣時報副刊 94.1.6；2023.9. 修訂）

家庭生活用品

在眷村文物館可以看到早年家裡使用的各類物品，這類物品是從市場購得，與一般民眾家裡使用的一樣。

煤球爐、煤油爐、電爐

煤球爐是 1950 ～ 1960 年代一般日常生活用品。煤球爐是水泥爐身，上方開口，當中放一塊有一條條長方形的洞的鐵板，煤球從上方開口放進來，放在隔板上，煤球是黑色圓形的立體圓球，約十五公分高，上面有一圈圈的小圓洞，我知道，長榮女中校門出來的勝利路口北側凸起的高地，有一家做煤球的，他們姓張；煤球爐下方有一個開口，將樹枝、樹葉、報紙等易燃物品從此處放入，點燃之後，產生濃厚的白煙，相當嗆鼻，一段時間後，白煙消失，此時煤球燒紅，將水壺、鍋子、炒菜鍋放在煤球爐上方，可以燒水，炒菜做飯，一頓飯做下來，至少兩小時；換煤球時，將原有的煤球用鐵夾子夾出，直接將新煤球放上就可以。媽媽是過敏性體質，又有氣喘，每次做飯，她又咳嗽，又流鼻涕與眼淚，是她每天最辛苦的時候，但是沒辦法，天天要做飯，而且要做兩次。冬天晚上，爐子上放著一個水壺，利用爐子的餘火保持水溫，一家人圍著爐子坐著，利用爐子的餘火驅寒，這就是圍爐。

煤油爐是鋁製爐身，最下層放煤油，上層的內圈是
燈蕊，煤油經過燈蕊，點火之後，將水壺、鍋子、炒菜
鍋放在上方，就可以做飯。煤油爐沒有煙，做飯時間較
短。媽媽每星期天都要擦拭煤油爐，拔上燈蕊。

電爐，電爐只要插電就可以做飯，沒有煙，做飯的
速度快，省事很多，幾乎沒有清理的問題。現在家裡都
用瓦斯爐，做飯更省事也更快。

從煤球爐到瓦斯爐，說明科技進步，改變生活方式，
使生活更便捷。

煤球爐
攝自新竹眷村文物館。

煤球

煤油爐
攝自新竹眷村文物館。

縫紉機

當年每家都有縫紉機，我們穿的衣服都是媽媽用縫
紉出車縫出來的，當年市面上很少成衣，那個時候的媽

媽很能幹。須能使用縫紉機做衣服。

　　現在家裡看不到縫紉機，市面上成衣種類多、品牌多、品質好，價格合理，大家都在市面上買成衣穿，縫紉機從家庭裡消失。前幾年我到李阿姨家，很驚訝看到她家有縫紉機，八十多歲的李阿姨跟我說：「你看，縫紉機還開著，你進來前我還在縫衣服，我做了一輩子，已習慣自己縫衣服。」李阿姨住在水交社，先生是官校畢業，在美國受飛行訓練的飛行軍官，來臺灣不久病死。

縫紉機。攝自左營明德眷村文物館。

結論

　　眷村文物館展示的文物説明科技對人們生活的影響。初始社會的型態，社會沒有分工，家庭主婦很能幹，一手包辦所有家務事，她們需做飯，殺雞宰鴨，又要能縫製衣服，家庭是全功能式，此時的家庭較具獨立性。社會發展精緻化後，產生如柏拉圖《理想國》與亞當斯密《國富論》所述的分工，分工精細後，將生產與消費區隔出來，家庭成為消費端，無須從事生產方面的工作。一部分家務事從家庭分出進入市場，創造許多就業機會，促使大量婦女進入職場，創造出「職業婦女」與「雙薪家庭」這兩個名詞，同時，增加金錢交易的金額，因為這些工作由家庭主婦在家庭中完成是不支薪的，進入市場就不一樣。社會進入專業分工時期，每樣事物都有其專業，菜市場出售宰好的雞鴨，買回來直接下鍋，市面上有各類成衣店，任你挑選衣服，專業分工改善產品品質，使產品朝向專精方面發展，我們的生活方便許多，生活品質不斷提高，人不需要每件事情都會做，相對的，分工增加個人對社會的依賴性，家庭喪失獨立性，各類生活用品有各自的供應鏈，每個階段緊密結合，使我們的生活不虞缺乏。

林老師

教師節前她會收到學生寄來的教師卡，有學生會來探望她，一聲聲的「林老師」，將時間拉回到遙遠的過去。

她未曾在學校任教，怎麼會有人喊她「林老師」？我翻閱從泛黃的油印紙，從藍色的油印字跡上找到答案。

1950 年代，行政院國軍退除役官兵輔導委員會利用全省各地軍方療養院或療養大隊，設立十二家榮民醫院，為國軍退除役官兵及其眷屬提供醫療服務。早年護理教育不發達，榮民醫院都面臨護理人員短缺的問題，因此，行政院國軍退除役官兵輔導委員會決定自行訓練護理人員。

當時擔任臺北榮民總醫院護理部主任的周美玉，向擔任行政院退除役官兵輔導委員會主任委員的蔣經國推薦，由臺南永康榮民醫院護理部督導林玉鏗負責此項工作。行政院退除役官兵輔導委員會沒有人聽過「林玉鏗」這個名字，大家心裡納悶，為謹慎起見，特別派人南下到永康榮民醫院看看，並與她談話。後來退除役官兵輔導委員會以（51）輔健字第 11367 號令，由臺南永康榮民醫院負責辦理助理護士訓練班。

退除役官兵輔導委員會規定，助理護士訓練班的學員需住宿，每月發給生活費，所以，報名資格為，家境清寒的退除役士官兵，子女在三人以上，每戶只限一人報名。

永康榮民醫院並非教育訓練機構，為了執行上級單位的命令，特別撥出一間倉庫改建作為學生教室和寢室，由護理部督導林玉鏗女士負責籌劃課程以及聘任老師。

該班注重實務訓練，每期的實習時數占授課總時數的三分之二以上，授課老師除了永康榮民醫院醫護人員之外，外聘臺南護校、臺南空軍醫院、陸軍八〇四總醫院，具備多年相關工作經驗的醫護人員擔任。

第一期助理護士訓練班於民國五十一年十一月一日開課，訓練時間為六個月，到民國五十二年四月三十日止，共有學員二十人，授課時數共九九二小時，包括學科三二八小時，實習六六四小時。第二年，退除役官兵輔導委員會撥了五萬元為助理護士訓練班蓋了一棟紅磚水泥平房，作為學生教室、寢室、浴室和廁所，使助理護士訓練班有專門的房舍。第二期助理護士訓練班於民國五十二年十一月十六日開課，訓練時間增加三個月，而為九個月，到民國五十三年八月十八日止，共有學員二十人，授課時數共一、五五八小時，包括學科四二八

小時，實習一、一三〇小時。第三期助理護士訓練班於民國五十四年九月一日開課，訓練時間為一年，到民國五十五年八月三十一日止，共有學員二十人，授課時數共一、七四二小時，包括學科七三〇小時，實習一、〇一二小時。第四期助理護士訓練班交由臺北榮民總醫院辦理。

實際負責籌劃課程以及聘任老師的護理部督導林玉鏗女士，成為助理護士訓練班的大家長，學生喊她「林老師」，雖然這不是學校，也名符其實。每期一班，一班二十人的小班制和住校制度，使得師生間的關係特別的密切，也特別的深厚。

這些學生的家境都不好，她們父親都是士官兵退伍，當時沒有月退俸制度，這些人都是大陸淪陷後隨軍來臺，沒有臺灣社會的人脈與生活經驗，軍隊退伍後，立刻面對一個陌生的環境，要在一個陌生的環境中生活，相當困難，所以生活相當辛苦。

有一次，林老師看到一位學生在週記上寫著家中的情況，母親已過世，父親重病在床，她是老大，三個弟弟都還小，她作店員的薪水是家中的經濟來源，她參加助理護士訓練班，無法工作，家中的經濟來源中斷，她整天在助理護士訓練班上課，不知道家裡的情況，她擔

心弟弟要如何生活，她想要退出，再去作店員，以便照顧家庭。林老師想，店員的收入有限，沒有專業技術，不是長久之計，護理人員有專業技術性，待遇較高，工作較穩定，比店員要好，只要熬過這幾個月就可以，而且進入助理護士訓練班的機會難得，放棄太可惜。這位學生住在醫院附近，林老師想出一個兩全齊美的方式，解決這位學生的問題，第二天，林老師告訴伙房，將助理護士訓練班每天剩下的饅頭、菜餚，交給這位學生，讓她晚上帶回家，解決這位學生家庭的吃飯問題，使她能夠安心受訓。

不少學生每個月的生活費是家中重要的經濟來源，有些學生每個月一拿到生活費，就寄回家。有一次，一位住在宜蘭的學生蕭復蓉，在結訓時才發現，她把這個月的生活費全數寄回家，身邊一毛錢也沒有，無法買車票回家，於是她告訴林老師，林老師立刻給這位學生回家的車票錢，以及路費，以便路上購買便當和茶水。

這三期助理護士訓練班的結訓學員共六十名，都分配到全省各地榮民醫院服務。林老師認為，她們十幾歲，有穩定的工作，應把握住機會充實自己，而鼓勵她們考護士執照並利用時間進修。對於分配到永康榮民醫院的學生，林老師特別不排她們大小夜班，讓她們能利用晚上時間到附近的學校夜間部進修。

　　不少學生後來考上護士執照，或是利用晚上時間讀夜間部，取得大學文憑。其中較著名的是朱鳳芝，她後來進入成功大學夜間部外文系就讀，畢業後有機會進入政壇，擔任多任立法委員。

　　永康榮民醫院並非教學醫院，秉承上級命令，辦理助理護士訓練班，承擔此項艱鉅的工作，為榮民醫療系統寫下特殊的一頁，也是我國護理教育特殊的一章。

　　助理護士訓練班是短期訓練，持續四年，共辦理三期，「船過水無痕」，它已沉沒在時間長河的水底，這些步入中年的學生，在教師節不會忘記寄一張教師卡給林老師，來到臺南，會來到水交社探望林老師，她們口口聲聲的「林老師」，似乎喚回那久遠的歲月。

林玉鏗老師，後面是助理護士訓練班房舍，現已拆除。

刊登在退除役官兵輔導委員會刊物《成功之路》月刊上的助理護士訓練班照片。

立法委員朱鳳芝是第二期學員，她的學號是8號。

一思鄉一

故鄉、他鄉的迷惘

　　有一段期間，出版界盛行出版大陸風光的大部頭圖書，每本書都是精裝本，彩色銅版紙印刷。他一部部的買回來，放在書架上。他的書架上，并然有序的擺著這些書，《細說錦繡中華》、《中國地理百科全書》、《錦繡河山》、《中華山河》、《中國風物》等。書中的每一頁他都翻閱過，他在頁中空白的地方寫上感想，或標註到過此地的日期，那是半個世紀以前的日期，當年的自己，那個年輕的身影，融入書中的彩色與黑白照片中，這些照片映射出他過往的生活，不時化成他的夢，譜成他的思鄉曲。

　　抗戰時，他是浙江之江大學學生，沿海被日軍佔領後，學校向西遷移，他穿著一襲舊衣服，一雙草鞋，離開家鄉，跟隨著學校向大後方遷移，跋山涉水，翻山越嶺，走遍那飽受戰火蹂躪的土地，往往寺廟、竹棚、大樹下就是教室，吃飯也是有一餐沒一餐的，地瓜蕃薯飯是大餐，他成了流亡學生。他知道，唯有趕走日本人，才能回到故鄉，才有穩定的生活。

　　在一個偶然的機會，獲知航空委員會招生的消息，他與同學前往報名，通過嚴格的空勤體檢，他被錄取，他離開學校，前往昆明巫家壩空軍官校報到。他知道，

這是趕走日本人的唯一機會。於是，他穿起了軍服，加入抗日的行列。

他搭乘空軍的 C-46 運輸機，飛越喜瑪拉雅山，到印度臘河接受初級飛行訓練。抗戰中期，空軍官校遷到印度臘河，現在的巴基斯坦。C-46 在層層疊疊的山區飛行，離故鄉愈來愈遠。在印度，他坐在帆布雙翼機，沒有座艙罩的 PT-17 教練機上，頭戴著皮帽，眼戴著護目鏡，往下望，機下是一片陌生的景色，看到的是印度的山河。故鄉遠在喜瑪拉雅山的另一邊。

之後，他搭乘美軍的運輸艦到美國接受初級與中級飛行訓練。1941 年美國通過《租借法案》，美國可以以售賣、轉移、交換、租賃、借出、或交付等方式，提供任何防衛物資給盟國，因此，我國空軍官校學生可以至美國接受飛行訓練。在美國亞利桑那州鳳凰城，他頭戴著皮帽與耳機，坐在有座艙罩，金屬的 AT-6 教練機上，往下望，機翼下是一片黃沙滾滾，是大沙漠，烈日當空，這是美國的山河，是個陌生的國度。故鄉遠在大洋的另一邊。

他回到祖國，加入抗日的行列，他駕駛美製戰機，遨翔在祖國的天空。他曾經飛越過家鄉，從空中下望，交錯的道路在土地上劃出的格線，宛如用鉛筆在紙上劃出的格線，是那末的熟悉，又是那末的遙遠。從熟悉的

家鄉景物中，他可以輕易辨識這些房舍與道路，使他很容易的辨識出日軍的陣地與偽裝，他推桿，降低飛機的高度，呼嘯的從這些陣地上掠過，他按下機槍按鈕，幾道火蛇從機翼上噴出，他拉桿，將飛機拉高，投下炸彈，地面冒出火光與濃煙，那是他的家鄉。

來到臺灣初期，他數度從臺灣出擊大陸，飛機飛越臺灣海峽，那熟悉的景象出現在機翼下方，他推桿，降低飛機的高度，呼嘯的從家鄉上空飛過，他按下機槍按鈕，幾道火蛇從機翼上噴出，他拉桿，將飛機拉高，投下炸彈，攻擊佈署在家鄉的共軍陣地。這些作戰，化成兵籍表上密密麻麻的文字記錄，「36 年 12 月 2 日 16:10-17:10，B-25 321 轟炸即墨東北龔家莊，毀房八棟，斃匪百餘名；37 年 1 月 31 日 14:35-16:45，B-25 312 偵炸石山站，毀房二十棟，斃匪一百餘人；38 年 7 月 18 日 7:30-10:00，蚊式 333 炸射南平，毀木船三十隻；38 年 7 月 31 日，蚊式 329 偵炸南平羅源等地，斃匪一百人，馬匹十匹；38 年 8 月 16 日 8:50-11:15，蚊式 333 轟炸羅源一帶，斃匪七十餘人…。」一條條的記述，累積成一枚枚彤弓獎章、宣威獎章、雄鷲獎章、雲龍獎章。

脫下軍裝後，滿頭白髮的他，午夜夢迴，往事一幕幕湧上心頭，他忘不了曾用雙腳走過的那片土地，他從書店買回來一部部大部頭書籍，擺放在書架上的這些書

和書中的照片裡，填補了這份情懷，但，這是紙，是平面的，它始終有個缺口，那是紙造成的距離的缺口，那不是真實的，無論如何，紙無法取代身歷其境的情感。

樹再高大，葉子最終會飄落在地上，化為塵土。他這片葉子，飄得如此的遠，隔著這條海峽，要如何歸根呢？

他在報上看到大陸開放的消息，這個消息在他心底燃起落葉歸根的火苗。多年的軍旅經驗告訴他，要謹慎小心，不要輕舉妄動，不要搶在前面，觀察風向最重要。

他設法與在家鄉的妹妹聯絡，說明自己的想法。一段時間後，妹妹那邊有了消息，政府的檔案記錄詳細記載著他何時升官，何時轟炸廈門、福州、上海等地，這個消息讓他嚇出一身冷汗，他告訴我：「他們手頭上有一份與我的兵籍表一模一樣的資料，莫非他們也有一份我的兵籍表？他們是如何拿到的？飛行軍官的兵籍表應屬機密文件，怎麼會流落到他們手中？」有一次，蝙蝠中隊的戴樹清到大陸出任務，在江西上空，無線電中傳來父親的聲音：「樹清，不要做對不起祖國的事，請在就近的基地降落。」他想：「他們如何知道我們進去的時間與航線以及飛行官的姓名？」一連串的問號浮現在心頭，這些問號有如一盆水，將燃燒在他心頭的歸鄉火

苗澆息。然而，家鄉，在海的那一端的呼喚不曾停過。

返鄉探親的風潮正在高潮中，返鄉探親的人潮一波波的來去，他卻排除在外，似乎他是「有家歸不得」。他注意到，他的一些朋友也搭上返鄉探親的列車，他們安然無恙的回來了。他心中感到納悶，當年，我們一起到大陸出任務，難道那邊沒有他們的記錄嗎？難道那邊不追究嗎？又是一連串的問號在心頭浮現。他找機會向他們打聽，他們的回答是，「沒有人跟蹤我。」「沒有人約談我。」「我在那邊很自由，來去自如。」「那邊不會管這種事！」這些回答又燃他心頭的歸鄉火苗。

這股探親風潮有如思鄉的催化劑，家鄉變得近了，不再是遙不可及的，親吻家鄉泥土的情懷在他胸中翻騰著，於是他開始與旅行社接洽，準備必要的證件，踏上返鄉之途。

終於，他踏上歸鄉路，在中正機場，他夾雜在與他同樣年紀，頭髮蒼白的長龍中，辦理登機手續。之後，上機、起飛，飛機在香港啟德機場落地，轉機、再起飛。噴射客機翱翔在大陸上空，他從機窗下望，下面呈現出不規則的一塊塊小方格，點綴著土黃、綠與藍色。他曾對孩子說：「我腦海中的錦繡河山是一塊塊小方格。」現在這一塊塊小方格呈現在眼前，似夢、似幻、似真，他無法辨識這些不規則的一塊塊小方格與他當年看到的

是否一樣，他透過這些不規則的一塊塊小方格，極力在記憶深處蒐尋當年的身影，頭戴飛行皮帽與耳機，身穿厚重內襯絨毛的飛行夾克，當年的飛機沒有空調，在高空可是冷風颼颼的。現在的他，穿著西裝，坐在厚厚絨布座椅，有空調的機艙中，與當年相較，已不可同日而語。

他下了飛機，踏上家鄉的土地，沿途的景物是何等的陌生，他彷彿置身於異國，他曾用雙腳走過的土地，卻是如此的生疏，他極力尋找當年的影子，卻尋不著，他感嘆到，「完全不一樣，變化太大了！」正是「少小離家老大回，鄉音無改鬢毛衰。兒童相見不相識，笑問客從何處來？」

在縣城的車站，他看到前來迎接他的弟弟，他離開家時，弟弟還是穿開檔褲的年紀，如今已是滿頭白髮，兩人相見，是如許的陌生，一時不知要如何打開話匣子。

夢中的家鄉，想了五十多年的家鄉，現在，他站在家鄉的土地上，家鄉就在眼前，家鄉又是如此的陌生，又如此的遙遠，他朝思暮想的故鄉景物，遍尋不著，只有在記憶的深處才能尋著。

他在故鄉待了下來，這是他成長的地方，周遭的景

物對他而言，卻是如許的生疏，他在故鄉看到都是生面孔。有人問他：「你是外來人，怎麼會說我們的話？」他愣住了，心想，我豈是外來人？但是，當地人視他為外人，他那張面孔是他們從未見過的陌生面孔，難道不是外人嗎？

他確實是外人，除了口音以外，這裡的人與物，對他都是陌生的。驀然地，他體會到，這是個新環境，不是他夢中的故鄉，現在，他需要去適應這個新環境，然而，適應這個新環境是何等的不容易！

於是，臺灣的情景不斷在腦海中浮現，午夜夢迴，臺南水交社的人與景物，一一在眼前浮現。臺南水交社，原日本海軍航空隊宿舍，空軍接收後作為空軍眷舍。他在那裡待了五十幾年，是他大半輩子的時光，那裡的一切是這麼的熟悉，左鄰右舍都相處了幾十年，是這麼的熟稔與親切。他開始想家。家鄉，在海的那一端向他招手。他想，臺灣才是他的家鄉。終於，他收拾行李，買了回臺灣的飛機票，踏上回臺灣的路途。

他從大陸回來，告訴我：「那邊完全不一樣，當年的景物都看不到了，那是個完全新的環境，對我，是個陌生的環境。」

　　一天下午，他拿著那本兵籍表對我說：「我們出任務回來，需要向行政官報告出任務的情況，行政官依據我們的報告記載在這本兵籍表上，我有一部份是對共軍作戰，我不想留下任何證據，所以要將這本兵籍表撕毀。」他將兵籍表撕成碎片，他的作戰記錄在手中化成一片片的碎紙片，飄入垃圾桶中。

　　放在書架上的《細說錦繡中華》、《中國地理百科全書》、《錦繡河山》、《中華山河》等書，已久未翻閱，積了厚厚的一層灰塵。

　　他想，故鄉，兒時成長的故鄉，在這半個世紀的激烈動盪下，早已失去往日的風貌，他對故鄉的情感，在時間的沖刷下，在不知不覺中，一點一滴的流失。房屋與土地需要加入情感的因素，才能與人產生共鳴，他兒時成長的故鄉，已喪失這份情感因素，難以與他產生共鳴。在這裡，在臺南水交社，他生活了半個世紀的地方，有太多的生活回憶，有太多的友誼，這些生活與回憶滋生他對這兒的情感，而，故鄉不就是情感的寄託和反映嗎？正是「客舍并州已十霜，歸心日夜憶咸陽。無端更渡桑乾水，卻望并州是故鄉。」

（中國時報人間副刊 103.1.10；2023.9. 修訂）

流亡曲

1.

他看著穿了三十多年的天藍色空軍軍服，他沒想到會當一輩子軍人。

2.

日本的軍靴「咔！咔！」的在中國的土地上踩出遍地烽火，蠶食著中國的土地，沿海地區成為日本占領區，各機關學校紛紛向內陸後撤，他就讀的之江大學也在後撤之列。

後撤是個漫長的路途，沒有車，唯一能用的是兩隻腳；後撤是段辛苦的路程，走走停停；後撤是流亡，是困頓與顛沛流離；於是，他成為流亡學生。穿著一襲舊衣服，一雙草鞋，隨著學校向大後方遷移。行行復行行，跋山涉水，翻山越嶺，流亡人潮沿途絡繹不絕，這是中華民族的一次大遷移。破廟或大樹下就是教室，地瓜蕃薯飯是大餐。大後方，遙遠的路途，不知何時可以走到，多少人在半途中倒地而亡，他不知道是不是下一個，他不知道前景在何處，只知道趕走日本人才有前景。是日本的軍靴踩踏出他的流亡序曲。

3.

日本的軍靴「咔！咔！」的聲音，踩踏出抗日的號角，踩踏出「起來！不願做奴隸的人們！」以及「中華錦繡江山誰是主人翁？我們四萬萬同胞！」的歌聲，歌聲唱遍整個大陸。許多許多年後，滿頭白髮的他，還哼著「起來！不願做奴隸的人們！」說道：「當年我們每個流亡學生都會唱這首歌。」

在流亡途中，他碰到空軍官校招生，這是趕走日本人的一個機會，他與同學一起報考，經過嚴格的體檢，他被錄取。

他搭乘空軍的 C-46 運輸機，飛越喜瑪拉雅山，到印度臘河接受初級飛行訓練。抗戰期間，空軍官校遷至印度臘河，現在的巴基斯坦。他坐在帆布雙翼機，沒有座艙罩的 PT-17 教練機上，頭戴著皮帽，眼戴著護目鏡，往下望，機下是一片陌生的景色。他是在印度上空飛行，看到的是印度的山河。

接著，搭乘美軍的運輸艦到美國接受初級與中級飛行訓練。二次大戰期間，美國幾個陸軍航空隊基地負責訓練盟國飛行員。那是美國亞利桑那州鳳凰城（Phoenix），他坐在有座艙罩，金屬的 AT-6 教練機上，頭戴著皮帽與耳機，往下望，機翼下是一片黃沙滾滾的

大沙漠，烈日當空，這是美國的山河，是個陌生的國度。

4.

他回到祖國，加入抗日的行列，他駕駛戰機，遨翔在祖國的天空，「中華錦繡江山誰是主人翁？我們四萬萬同胞！」身為主人翁的他，終於將日本的軍靴聲驅逐出這片國土。

日本的軍靴聲不再響起，戰火並未因而熄滅，戰火繼續燃燒，而且愈為旺盛。在飛機上，他看著穿著平民衣服的老百姓，被穿軍服的軍人用槍頂在背後，進行攻城，他的手停在機槍按鈕上，按不下去，他也不敢投彈。內戰繼續進行，他的軍官戰歷調查表填著密密麻麻的字，一頁頁的迅速被填滿，這些字換來一枚枚的獎章，有宣威獎章、彤弓獎章、雄鷲獎章、翔豹獎章、雲龍獎章，一個個長方形的獎章盒，擺滿他的抽屜。似乎，這些勳章對戰局未起什麼作用，他的飛機往南飛，飛越長江，地面的景色有顯著的變化，氣候也愈來愈熱。最後，他駕著飛機越過臺灣海峽，來到臺灣，他自問：「我們有空軍，有制空權，為什麼打不贏一個沒有空軍的軍隊？」

5.

臺灣四面都是海，無邊際的蔚藍大海，不像陸地有
明顯的地標可以辨認，他必需熟悉這樣的飛行環境。當
他看到機翼下藍色的海水變換成一塊塊的方格時，他知
道，那是七股鹽田，快到家了。

他分配到臺南水交社的眷舍，他必需適應南臺灣炎
熱的氣候。臺南水交社為原日本海軍航空隊宿舍，空軍
接收後做為空軍眷舍。他想，很快就會回去，他只是暫
時居住在這兒，是過客，然而，客居不也是一種流亡
嗎？沒想到，「一年準備、二年反攻、三年掃蕩、五年
成攻」，是口號，是理想，欲兌現，可真難！

抗日戰爭已結束，他沒有日本人可以打，當初參加
空軍的目的已不存在，他想要脫下軍服，於是，他向上
級打聽，當初你們答應把日本人趕走後，我可以選擇任
何一所大學就讀。他得到一個令他挫折的答案：「我們
有做過這種允諾嗎？」那是個戰亂的時代，環境變化很
大，整個社會陷入失序狀態，已無法追查多年前的允諾
一句話。何況一位飛行員的戰力勝過陸軍一個排，在戰
爭時，是一股不容忽視的戰力，此時，一位飛行員要不
飛，談何容易？於是，他無法脫下軍服，他感到，這件
軍服穿上容易，脫下難。

事實不像他想的，很快就會回去。年復一年，在臺

南的客居成為定居。

　　6.

　　日本的軍靴「咔！咔！」的聲音，踩踏出他的一生，也踩踏出他流亡的命運。流亡如同一條線，將不同的地點聯結起來，建構出流亡者的人生旅途，流亡者被這條線牽著走，他在心中吟唱著流亡曲；似乎那不是他的抉擇，但，他不得不跟著這條線做抉擇；似乎人無法掌控命運，而是被一雙看不見的手牽著走。每個地點都是暫時的歇腳處，但，這條線不會無窮盡的延伸下去，總有終止的時候。這一天終於來到了，流亡曲在這時劃上終止符。

　　穿著黑色牧師服的牧師在講臺上說：「我們在世上是客居。」客居的意思指不是定居。不是定居就是暫時居住，流亡他鄉也是暫時居住，客居與流亡又有何差異？聖經上說，人由塵土所造，最後歸於塵土。歸於塵土才是回家。

　　最後，他在這個客居的地方，走完他的生命之旅，我將他的骨灰放在五指山國軍公墓的忠靈殿，負責的士兵在木製方格的四周塗上白色的膠液，而後立正，向方格行舉手禮，這是他接受的最後一個舉手禮。他停留在

這個方格裡不會再移動，這裡是他的歸宿，他從客居成歸人，他的流亡曲在這裡劃上終止符。

我站在忠靈殿前，眼前是層巒疊起的山峰，白色的雲霧在山凹裡漂浮，群山的後面是臺灣海峽，過了臺灣海峽就是他的家鄉，是他開始唱流亡曲的地方，這首流亡曲在海峽的這邊劃上終止符。當流亡曲終止時，他的流亡也告終了，流亡者成為定居者。

（臺灣時報副刊 104.1.7-8.）

念故鄉

Youtube 傳來捷克作曲家安東尼‧德弗乍克《念故鄉》[1] 低沉的歌聲，「念故鄉，念故鄉，故鄉真可愛；天甚清，風甚涼，鄉愁陣陣來。」這個歌聲將我拉回到遙遠的過去。

那枚棕紅色，八分人民幣，林巧稚紀念郵票，林巧稚是媽媽很親的長輩，這位她不會再見到的長輩，勾起她的故鄉情懷，媽媽的家鄉，鼓浪嶼，常出現在夢中，夢中景象轉化成言語進入我耳中。鼓浪嶼的道路高低起伏很大，所以鼓浪嶼沒有汽車；那裡是萬國租界，有不少外國人；每天晚飯後，家家戶戶都傳出小孩的練琴聲，那裡的音樂風氣很盛。

午夜夢迴，媽媽的家，八卦樓裡的人物常浮現在腦海中。媽媽告訴我，早年她與姑姑林巧稚一同住在鼓浪嶼八卦樓，姑姑的母親罹患子宮頸癌過世，姑姑立志學醫，進入北平協和醫學院就讀，畢業後在協和醫院婦產

科擔任醫師。媽媽離開廈門到上海就讀上海協和護校，畢業後在北京大學教書時住在姑姑家。她告訴我，姑姑不收貧苦病患的醫療費用，甚至看病後，包紅包給病患，姑姑常騎腳踏車給貧苦病患送藥。姑姑的行為影響到媽媽，媽媽認為「施比受更有福」，而常接濟周遭窮困的人，或是不定時的，小額捐款給慈善團體。一天下午，她和姑姑在客廳，突然外面傳來一聲巨大的碰撞聲，客廳門應聲倒下，玻璃「嘩啦！嘩啦！」的碎了一地，原來是鄰居鋸樹，樹朝姑姑家方向倒下，壓倒客廳的門，砸碎客廳門的玻璃，姑姑說：「剛好，我正打算換這個門。」媽媽說：「姑姑就是這麼樂觀！」

媽媽的父親是新加坡歸國華僑，家裡的主要語言是英語。在臺北讀大學時，我到麗水街三十三號大表姨家，我叫大表姨的父親伯公，他八十多歲，不懂中文，他使用英語和閩南語，大表姨為他訂了一份《英文中國郵報》，我必須用彆腳的英語或閩南語跟他講話。從媽媽口中知道，她的父親在廈門港邊經營東方冰廠，她從小生長在富裕的環境中，家裡有一輛轎車，是廈門少數的幾輛轎車之一。對日抗戰期間，東方冰廠被日本飛機投下的炸彈炸毀。

故鄉，在回憶中，那裡的事物是何等的甜美！

有一天，媽媽正在北京大學上課，一位穿著空軍軍服的人來到教室門口向她招手，告訴她，這是最後一班離開北平的飛機，請她立刻回家整理東西上飛機，學生要求她留下，未能成功。時間不容許她多思考，媽媽立刻回家，匆忙地拿了些東西上飛機，未如費德列克·蕭邦[2]一樣，包一包家鄉的泥土帶走。此時，媽媽已離開廈門到北平工作多年。這架飛到臺灣的飛機，未經過廈門。

故鄉，她倉促的揮別故鄉！

Youtube《念故鄉》的歌聲在飄盪著，「故鄉人，今如何，常念念不忘；在他鄉，一孤客，寂寞又淒涼。」在臺灣，媽媽置身於陌生的環境與面孔中，家鄉的人與事物不斷浮現在腦海中，她的感觸不時地化成她的思鄉曲向我述說；她的故鄉廈門，多少次進入夢中，她從懷鄉的甜蜜夢中睜開雙眼，那熟稔的故鄉事物頃刻化為烏有。

　　在臺南南門教會，媽媽與廈門老鄉特別親近，這是
她能聞到家鄉味的地方；南門教會的王美瓊教士是媽媽
在廈門的老朋友，我成為王美瓊教士口中的「廈門小
孩」，她用閩南語對我說：「廈門小孩要講廈門話，那
是我們的家鄉話。」好幾次，媽媽特別乘坐五小時的火
車，從臺南到臺北，參加廈門毓德女中旅臺校友會，這
是另一個她能聞到家鄉味的地方，這些校友相差好幾
屆，彼此都不認識，「廈門」拉近她們的距離，她們的
談話化成媽媽的思鄉曲，喚回媽媽些許遙遠與模糊的生
活景象，而撫慰她的思鄉情懷。

　　我參加南門教會的白話字班，媽媽告訴我，這是西
方傳教士來華傳教，用羅馬拼音學閩南語，發展出的廈
門話，她當時都用羅馬拼音寫廈門話，這種語文在某些
字母上方標註發音符號，一位同學寫信回家要「短褲」
，音標未標好，唸起來成為「茶摳」，家裡寄來一箱肥
皂，同學看了傻眼。不少福建人移民東南亞，他們使用
閩南語，因此東南亞華人主要用語之一是閩南語，1810
年，西方傳教士為了向華人傳教，使用羅馬拼音書寫閩

南語，稱白話字，傳教士將白話字帶到廈門，而盛行於廈門，我見過廈門出版的白話字字典，以後又傳到臺灣；古代中國話發音有音讀與訓讀兩種，白話字是日常生活用語，屬於音讀，訓讀用於讀書或朗誦詩歌。媽媽拿出一張姑姑林巧稚寄給她的聖誕卡，上面是羅馬拼音寫的閩南語，我看不懂上面的字，後面的日期是「1945」；一點小事都會勾動媽媽敏感的思鄉情結，使當年的情景浮現在眼前。

隔著一百多公里的臺灣海峽另一端的故鄉廈門，是何等的遙遠！

在美國讀書時，一位剛從廈門來的同學問道：「誰是廈門人？我好想看看廈門人！」我舉手說：「我是！」對方問：「你住在哪裡？」我一時答不出來，愣在那裡，因為我沒去過廈門。另一位大陸同學說：「蕭文是臺灣人，他媽媽是廈門人。」幾位同學莞爾一笑。我說：「我媽媽是鼓浪嶼人。」對方說：「鼓浪嶼是中國的音樂之鄉，那是鋼琴島，你也有遺傳吧！」我又說：「媽

媽的姑姑是『林巧稚』。」有人說：「我就是她接生的。」
另一位來得較久的大陸同學說：「第一次聽到臺灣同學
提起這個名字。」

　　故鄉，既熟稔，又陌生！

　　Youtube《念故鄉》的歌聲，「我願意，回故鄉，重
返舊家園，眾親友，聚一堂，同享從前樂。」1987 年
，蔣經國總統開放兩岸探親，終於打開那扇閉鎖近四十
年的門。媽媽期待又怯生生的隨著返鄉人潮在中正機場
搭機，繞了一大圈，從香港到廈門。走出機場，她極力
尋找腦海中的影像，卻尋不著，她茫然有所失，這是一
座新的城市！一些熟悉的景物已不在，熟悉的面孔化成
野外隆起的土堆，她在隆起的土堆前放下一束束白花；
童稚的面孔已轉變為成熟的面孔，她難以辨識；當地有
年輕人問她：「妳從外地來，怎麼會講我們的話？怎麼
知道這些景物？我知道，這些景物是很久以前的，我未
見過。」正是「少小離家老大回，鄉音無改鬢毛衰；兒
童相見不相識，笑問客從何處來。」

故鄉，是如此這般的陌生！

1999 年，媽媽的思鄉曲畫上休止符，我捧著她的骨灰罐上到五指山國軍公墓，放在爸爸的旁邊，我站在五指山往西望，白雲像浪花在空中飄浮，白雲的後面就是她的故鄉，她卻望不見故鄉。

故鄉，並不遙遠，卻望不到！

媽媽過世後，廈門舅舅的小孩帶著女朋友從廈門來臺南，我第一次看到他們，雙方自我介紹後，他送我廈門親戚的照片，照片中人物全是陌生面孔，他一一介紹。

故鄉，那裡的親戚是何等的陌生！

2013 年，臺南市大員文化觀光協會在成功大學舉行兩岸洋行論壇研討會，一位大家稱「廈門通」的廈門研究員洪卜仁在演講中，提到東方汽水廠原為英國屈臣氏設立，後來賣給中國人。會後，我告訴洪卜

仁，我外公是新加坡華僑，他回國後買下那間汽水廠，改名為東方冰廠；我媽媽的姑姑是林巧稚。他說：「啊！我沒想到，林巧稚有後代住在臺南，我在臺灣光復初期，短暫來過臺南，廈門與臺南是有某種淵源。」我告訴他，臺南有不少廈門人。第二年，他請人帶一本《廈門老照片》送給我，我翻開書，書中照片中的景物是如許的陌生，因為我未到過廈門。

2014 年 9 月，在臺北郵政博物館舉行海峽兩岸集郵聯誼，大陸的集郵團體裡有幾位廈門人，我告訴他們，我媽媽是廈門鼓浪嶼人，有人對我說：「喔！難怪你蒐集音樂郵票，那是中國的音樂之鄉，你有遺傳到吧！」有人對我說：「歡迎回來廈門，那是你的故鄉！」

故鄉，何等的陌生！那片我未曾踏上過的土地，未曾嗅過那片土地的芳香，媽媽一遍一遍的思鄉曲，透過點點滴滴的話語，化成我對那片陌生土地的情懷。

附註：

1. 1892 年捷克作曲家安東尼‧德弗乍克於應聘前往美國，在《第九號交響曲「新世界」》第二樂章，他採用黑人靈歌的旋律，譜成這首歌《念故鄉》，成為該樂章的主題，這首歌很有名，常單獨拿出來演奏。

2. 波蘭作曲家費德列克‧蕭邦離家時，包了一包家鄉的泥土帶在身邊，他過世後，友人將打開這包泥土，撒在他的棺材上。

林巧稚紀念郵票。

媽媽北京大學的薪水單。

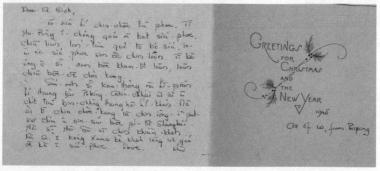

林巧稚用白話字寫的聖誕卡。

臺南作家作品集　全書目

● 第一輯

1	我們	• 黃吉川　著	100.12	180 元
2	莫有無 ― 心情三印一	• 白　聆　著	100.12	180 元
3	英雄淚 ― 周定邦 　布袋戲劇本集	• 周定邦　著	100.12	240 元
4	春日地圖	• 陳金順　著	100.12	180 元
5	葉笛及其現代詩研究	• 郭倍甄　著	100.12	250 元
6	府城詩篇	• 林宗源　著	100.12	180 元
7	走揣臺灣的記持	• 藍淑貞　著	100.12	180 元

● 第二輯

8	趙雲文選	• 趙　雲　著 • 陳昌明　主編	102.03	250 元
9	人猿之死 ― 林佛兒 　短篇小說選	• 林佛兒　著	102.03	300 元
10	詩歌聲裡	• 胡民祥　著	102.03	250 元
11	白髮記	• 陳正雄　著	102.03	200 元
12	南鵲是我，我是南鵲	• 謝孟宗　著	102.03	200 元
13	周嘯虹短篇小說選	• 周嘯虹　著	102.03	200 元

記述府城：水交社

39 臺灣母語文學：
少數文學史書寫理論 ・ 方耀乾　著　106.02　300 元

● **第七輯**

40 府城今昔　　　　　　・ 龔顯宗　著　106.12　300 元

41 臺灣鄉土傳奇二集 ・ 黃勁連　編著　106.12　300 元

42 眠夢南瀛　　　　　　・ 陳正雄　著　106.12　250 元

43 記憶的盒子　　　　　・ 周梅春　著　106.12　250 元

44 阿立祖回家　　　　　・ 楊寶山　著　106.12　250 元

45 顏色　　　　　　　　・ 邱致清　著　106.12　250 元

46 築劇　　　　　　　　・ 陸昕慈　著　106.12　300 元

47 夜空恬靜一流星
臺語文學評論　　　・ 陳金順　著　106.12　300 元

● **第八輯**

48 太陽旗下的小子　　　・ 林清文　著　108.11　380 元

49 落花時節 - 葉笛詩文集・ 葉　笛　著　108.11　360 元
・ 葉蓁蓁　葉瓊霞　編

50 許達然散文集　　　　・ 許達然　著　108.11　420 元
・ 莊永清　編

51 陳玉珠的童話花園　　・ 陳玉珠　著　108.11　300 元

臺南作家作品集 第十三輯(82)

記述府城：
水交社

國家圖書館出版品
預行編目（CIP）資料

記述府城：水交社 / 蕭文著. -- 初版. --
臺北市：羽翼實業有限公司；臺南市：
臺南市政府文化局, 2024.01　面；公分.
-- (臺南作家作品集. 第13輯；82)
ISBN 978-626-97799-0-1(平裝)
863.55　　　　　　　　　112015139

作　　　者 | 蕭　文
發 行 人 | 謝仕淵
督　　　導 | 陳修程 林韋旭 黃宏文 方敏華
編 輯 委 員 | 呂興昌 林巾力 陳昌明 廖淑芳 廖振富
主　　　編 | 陳昌明
行　　　政 | 陳雍杰 李中慧 陳瑩如

總 編 輯 | 徐大授
編　　　輯 | 陳姿穎 許程睿
封　　　面 | 佐佐木千繪
設　　　計 | 清創意設計整合工作室
排　　　版 | 重啟有限公司

出　　　版
羽翼實業有限公司
地　　　址 | 108009臺北市萬華區長沙街二段91號3樓之15
電　　　話 | 02-23831363
臺南市政府文化局
地　　　址 | 永華市政中心 708201臺南市安平區永華路2段6號13樓
　　　　　　民治市政中心 730210臺南市新營區中正路23號5樓
電　　　話 | 06-6324453
網　　　址 | http://culture.tainan.gov.tw

印　　　刷 | 合和印刷有限公司
經 銷 商 | 大和書報圖書股份有限公司
出 版 日 期 | 2024年1月初版
定　　　價 | 新臺幣280元
ISBN 978-626-97799-0-1　　　GPN 1011201253　　　文化局總號2023-720

展售處
• 中華民國政府出版品展售門市
  國家書店 104472臺北市松江路209號1樓 02-2518-0207
  五南文化廣場 400002臺中市中山路6號 04-2226-0330
• 臺南市政府文化局文創發展科
  700016臺南市中西區府前路1段195號（愛國婦人會館內）06-2149510